Un Homme sans guerre

Un Homme
sans guerre

roman

Gérard Hofmann

ISBN : 978-2-9500260-1-9
EAN : 9782950026019

TABLE DES MATIÈRES

À Mahana.

CHAPITRE 1

En 1945, le mois de juillet fut vraiment très chaud. L'armée allemande avait quitté la place du Havre, devant la gare Saint-Lazare, ce n'était plus qu'un fantôme de nuage noir, celui que mes frères regardaient à travers les persiennes de métal de l'appartement situé au troisième étage au dessus du passage. Les soldats défilaient au pas de l'oie entre les lamelles poussiéreuses des persiennes fermées. Au fond, le bâtiment sombre de la grande gare et son horloge illisible depuis cette fenêtre.

Mon premier grand souvenir de liberté et de solitude est olfactif. L'odeur de l'imperméable d'une jeune fille qui attendait que je l'embrasse, quelque part sous la pluie, dehors dans la rue non loin du collège où j'étais enfermé depuis des années. Elle était bien vilaine, la pauvresse, bêtasse avec des joues rondes et molles, des bras courts, la peau sans couleurs, un corps sans formes. Et elle sentait le caoutchouc, une odeur qui a totalement disparu de nos quotidiens depuis bien longtemps, car il n'existe plus aucun vêtement en caoutchouc, en tout cas plus d'objet qui sente cette odeur prégnante. C'est ce que sentaient les masques à gaz gardés jalousement après la guerre, qu'on extirpait de leur boite en ferraille laquée verdâtre, puanteur caoutchouteuse qui me flanquait déjà une bonne trouille d'être asphyxié par l'engin lui-même ! Mais en plus, l'odeur de la peau de cette fille était couverte par un traitement imperméable qui s'ajoutait à celle de la cape, une autre odeur écoeurante et aussi puissante que son baiser furtif fut sans goût. Sans existence, sans souvenir, juste un fait suspendu dans la solitude de l'adolescent. Il faut dire que tout baiser sur la bouche m'était interdit, était le signe même de l'interdit sulfureux et moustachu des lèvres entrouvertes du prêtre qui nous enseignait le français.

Dans la détresse extrême, au gouffre de mes onze ans, je n'avais jamais pu dire non quand il m'embrassait puisqu'il était, quand même, le seul être humain à me témoigner une toute petite présence, une toute petite chaleur. Il sortait mon sexe de ma petite braguette, mais les choses s'arrêtaient vite, car je sentais immédiatement ces choses rapides et mouillées qui vous arrivent au seuil de votre adolescence, quand le garçon découvre, touche et découvre. C'est pourquoi il nous était interdit formellement de dormir avec les mains sous les draps, surveillés que nous étions dans le grand dortoir de quatre-vingt lits, par le surveillant, Rex comme nous l'appelions, un nom de berger allemand, qui dormait dans sa guérite, au bout, près des grandes portes vers l'escalier monumental de cette prison payée par mes parents, conseillée par les curés de Saint-Louis qui avaient récupéré la foi de ma mère à l'issue de sa guerre. Tout se tenait si terriblement qu'il n'y avait aucune place pour souffler, pour prendre le temps de vivre, pour aimer, rien que de la crainte, en permanence, en suspens dans l'air qui me manquait. Ma mère avait porté cinq ans de guerre en travaillant, recevant ses patientes tandis que mon père était en camp de captivité puis de représailles quelque part en Allemagne. Le curé de l'église de la Chaussée d'Antin servait, à la famille exclusivement féminine, de mentor, de confesseur et de père. Je me souviens de lui, quelques années après la guerre, comme d'un homme sorti d'une gravure des années 1860. Quelque chose comme une image sainte de l'Abbé Mouret.

Je ne pouvais pas embrasser Lucienne, je crois pouvoir me souvenir de ce prénom, en raison des deux odeurs insupportables, mélangées, étouffantes et dégueulasses, qui fumaient chaudes sous la bruine, de son manteau en caoutchouc. Dommage qu'un baiser, souhaité par une jeune fille aux hormones enflammées, finisse dans un filet de salive sans goût ! Ensuite, il se passa des années avant que je puisse embrasser quiconque, de toutes façons pas des garçons, alors que cela m'aurait peut-être guéri des viols subis au collège. Viol. Abus n'est pas le mot, même si je n'eus à subir aucune pénétration. Viol de ma vie d'enfant. Viol de mes sentiments, crime perpétré contre ma relation à l'Autre, qui allait avoir, toute ma vie, la place centrale : l'Amour est louche, celui ou celle qui m'aime ne peut être sincère puisque c'est de moi qu'il s'agit. Pendant des années, j'ai pensé qu'il fallait être fou ou menteur pour vouloir et pouvoir m'aimer. J'avais été abusé.

Aujourd'hui que je viens de mourir, je n'ai connu aucune guerre, aucun conflit extérieur. Tout s'est passé au dedans, c'est ça ma génération, un intérieur invisible de l'extérieur. Peut-être, parfois je l'ai pensé, aurait-il mieux valu connaître un bon vieux conflit des familles, avec des morts, des éventrés et tout le système de démolition qui permet aux peuples de croire à leur reconstruction dans la joie. Je fus un homme sans guerre pendant toute ma vie. Mais pas sans conflits. Et c'est cela que je raconte ici.

Je m'aperçois qu'il me faut rétablir au plus vite un équilibre propice, il me faut narrer une belle scène qui eut lieu sous les toits du collège, dans la petite chambre de mon professeur de grec, un petit bonhomme aux yeux ronds et à la figure marrante, qui balançait ses joues comme font certains chiens qui bavent. Je veux prononcer son nom, il est mort depuis si longtemps ! Un nom si bien ajusté au personnage, petit, rondouillard mais pas gros, agile, rigolard mais sérieux, vraiment tout petit mais si rapide sur ses pattes aux bas gris... L'abbé Le Bouille était un merveilleux professeur, il regardait le plafond de la classe, qui était fort haut, en agitant les bras, lorsqu'il parlait de Socrate, avec les yeux tordus vers le ciel dans les coins de leurs orbites, et un petit sourire de ses lèvres tordues du même côté que son regard de droite à gauche et de gauche à droite. Les imbéciles riaient de lui sous cape au lieu de l'écouter. Moi j'étais passionné. Il m'a fait aimer la civilisation grecque et la langue de Platon. J'ai été si heureux toute ma vie de pouvoir lire le grec ! Et puis ce petit homme en soutane m'a permis d'accéder à la vraie spiritualité, je veux dire à la laïcité. Un soir, je me trouvai dans sa chambre, sous les toits du collège, après avoir rempli et remis à Rex le billet de confession indispensable, pour quitter l'étude. Il faisait noir en cette fin d'après-midi car c'était sans doute la fin de l'automne. Dans la chambre on butait sur un prie-Dieu et une chaise. Après le signe de croix et quelques bribes échangées sur les péchés habituels, mensonges, omissions, mauvaises pensées et aveu de quelques francs volés à mon père pendant les très rares vacances où j'étais de retour à Paris, il me demanda « si je craignais Dieu ? »…

— Pourquoi, mon père ?

J'hésitais entre « mon père » et « monsieur l'abbé », mais il préférait être nommé « père » et cela m'allait assez bien.

— Parce que, si tu ne crains plus Dieu, c'est que tu n'as plus la Foi… !

Il dit cela, les yeux brillants et grands ouverts, billes montantes et descendantes au plafond, presque heureux, je le sentais tendu vers une réponse positive, souriant, et mon premier réflexe, pendant les premières secondes de son attente, fut de penser à me défendre fermement : « Oh ! Oui, craindre Dieu ! » comme on dit « Aimer le Seigneur, aimer notre Père ! »... Mais aussitôt je ressentis un immense calme à penser le contraire, à me détacher, à me libérer, à me suffire à moi-même, à laisser derrière moi cette clôture barbelée.

– Je ne crois pas ... Non... Je ne crains pas... Dieu !

Je venais de comprendre, d'admettre et d'être admis comme ayant le droit de ne plus « avoir la Foi » ! Un des plus grands progrès de ma vie, grâce à ce petit curé adorable ! Et sans doute anarchiste.

Dans la pénombre je vis son petit sourire, celui qu'il esquissait toujours en classe lorsqu'il racontait une belle histoire tirée de la mythologie, et qu'il était content de son effet. Je vis que lui non plus ne craignait plus Dieu. Ce type était vraiment chouette, il m'a tellement aidé ! Et puis non, tous les curés n'ont pas été des pédérastes criminels, parfois ils ont été seulement sadiques, tel l'abbé Renard, le surveillant des études, un petit cochon bien gras qui allait diner en ville, chez des parents d'élèves, le dimanche soir. Ce Renard m'attacha tout un après-midi sur une chaise, dans sa chambre, pour me forcer à admettre que j'avais volé cinq mille francs – une somme importante, un bon repas au restaurant valait quelques centaines de francs – à un de mes petits camarades qui avait perdu de l'argent laissé au dortoir. Pas de chance pour moi, ces cinq mille francs bien réels dans ma poche provenaient du portefeuille de mon père, celui qu'il laissait dans le tiroir de droite de son bureau de ministre. Je profitais que mon père, *le docteur* comme disait ma mère aux bonnes, prenait pas mal de temps pour vider sa vessie, pour venir directement au tiroir, l'ouvrir à moitié, prendre le beau portefeuille en pécari, l'écarter avec douceur comme une fleur aux deux grands pétales fermés, prendre le premier billet qui se présentait parmi la liasse gonflée de tous les clients de l'après-midi. Je ne pouvais ni avouer ce vol, ni celui que je n'avais pas commis, et il me fut impossible de justifier la présence du billet dans ma poche. Non, tous les curés n'ont pas été scélérats, mon professeur de grec a été une vraie bénédiction, devrais-je oser dire, et je l'ai aimé comme un membre de ma famille imaginaire, celle que je me suis constituée peu à peu. Il a quitté le collège, comme moi aussi, plus tard et pendant plusieurs années j'ai tenté de retrouver sa trace. Comme il était déjà vraiment très vieux, il avait été envoyé dans une maison de retraite tenue par des sœurs, au cœur de la Vendée, après un court séjour dans une petite maison en granit à la sortie de la ville. J'y suis passé un jour, venant spécialement en vélomoteur, le moyen de liberté le plus formidable qui m'ait été donné, pour le voir. Il venait de partir « avec sa nièce », me dit quelqu'un. Nous nous sommes écrit, puis tout s'est arrêté, le temps clôturant et scellant ce silence qui fait surgir les souvenirs.

Ma mère avait des problèmes. C'est ainsi que mon oncle venait me vriller les oreilles quand je le croisais lors des heureusement rares dimanches où mon père nous emmenait chez sa sœur.

— Ta mère... ça ne va pas fort, hein... ça continue, hein ?... et toi, ça va ?... des copines, hein ?...

Il était dégueulasse. Assis à la caisse du magasin de couture de sa femme, reluquant les clientes qui auraient omis de bien fermer le rideau de leur cabine d'essayage, un petit bout de rayonne ou de soie qui dépasse, des parfums mélangés dans l'air chauffé par les éclairages indirects des stucs couleur saumon et blanc. Ma mère avait *toujours* des problèmes donc nous ne devrions pas en avoir, ou à l'inverse nous ne pouvions pas ne pas en avoir aussi. Nous étions ainsi, nous les enfants de cette mère-là, projetés violemment comme dans un manège de foire d'un côté à l'autre d'une grande attraction : le spectacle donné par des enfants plongés dans un bain de déprime permanente, de tentatives de suicide et d'hospitalisations avec essai sur notre génitrice de toutes les techniques et chimies de la science psychiatrique ?! Le tonton prenait un plaisir visible à suivre le feuilleton,… hein !... hein !... Combien j'ai détesté ces hein !... Sa perversité était un signe d'intérêt, et donc, juste pour cela, sa proximité putride me faisait quand même du bien… Quel chemin faut-il parcourir pour se libérer du désir d'être aimé !

J'ai toujours connu ma mère avoir des problèmes. Elle en a eu pendant toute sa vie, elle les a eus avant que j'apparaisse et elle est morte avant moi. Une de ses manies consistait à amasser des collections d'objets hétéroclites mais dont on pouvait comprendre, à y regarder de près, ce que j'étais un des rares à faire, qu'ils étaient tous rattachés à des faits précis, à des événements, serviette en papier d'un déjeuner, napperon en carton d'une tarte de pâtissier offerte un dimanche, rouleau central d'essuie-tout qui peut servir un jour, ficelles de paquets, petits souvenirs volés à des invités ou à des enfants, dessins, morceaux de nappe en papier griffonnés, photos, petits bijoux, billes, cailloux, dents de bébé, recettes de cuisine découpées sur les emballages, images pieuses, vieilles cartes routières, billets de train et de bus, encarts avec les psaumes des messes, et aussi vieux habits, pelotes de laine, papiers divers, factures de grands magasins, menus de restaurant, manteaux, robes et tricots en cachemire plongés dans une atmosphère de boules antimites et tickets de métro annotés. Car sur chaque objet, un nom, une date, un mot sibyllin, un prénom venait rappeler l'événement sacré, de la petite écriture fine et précise de ma mère. Le paradichlorobenzène, au nom si drôle, vous sautait à la gorge à l'ouverture des immenses placards bourrés de paquets comme une diligence brinquebalante. D'ailleurs, bien souvent, les grands sacs glissaient et s'effondraient dans le couloir. Nous nous cachions, ma sœur et moi, en dessous des habits pendus, derrière et dans le fond de ces immenses grottes noires, pour des parties de cache-cache qui sont les seuls grands souvenirs de jeu de mon enfance.

Un jeudi, jour de congé scolaire, je me sentais très bizarrement désoeuvré, moi qui étais habituellement intéressé à tout. Peu à peu je ressentis l'absolue nécessité de vider ces placards. Et je le fis. Ma mère était en clinique psychiatrique depuis deux semaines, sans jamais aucune date de retour connue. C'était un jeudi sans ma marraine, celle de Paris, car j'en avais deux : une marraine fausse mais proche, rue des Dames, pas très loin du square des Batignolles, et une marraine vraie mais lointaine, en province dans la gadoue de la Somme. La vraie était une cousine picarde, la fausse était la femme de mon parrain, un ami de captivité de mon père, qui était dentiste et qui m'endormait au masque pour me soigner mes caries d'enfant. Un jeudi sans ma marraine, sans sortie dans les salons de thé des grands magasins emplis de jolies mamans et de grands-mères élégantes... J'étais abandonné, comme toujours. La bonne était en pause dans sa chambre du sixième, mon père parti faire ses contre-visites d'opérés du matin, pas de femme de ménage l'après-midi, personne d'autre. L'appartement était tellement grand ! La partie privée était isolée de la partie de réception avec ses salons et sa longue galerie d'entrée. Il me fallait néanmoins la traverser pour prendre l'interminable couloir qui menait à l'office puis à la cuisine puis à la sortie de service avec son monte-charge. J'étais copain – une petite famille de plus dans ma collection –, avec le concierge et sa femme. Et comme l'après-midi elle faisait des ménages, son mari, Monsieur Da Costa au grand sourire, était seul dans sa loge sous la voûte de notre bel immeuble haussmannien. C'est lui qui me demanda un jour : « La plaque, là dehors sur la façade, tu sais ?... Enes…, Enesco…, musicien ? Du violon…, qui vivait là..., il était pas français ?!... » car notre immeuble était rempli de « pas français », du docteur Morgenstern au docteur Katz, et jusqu'aux bonnes du sixième, bretonne, auvergnate, normande, que sais-je encore de provincial avec accents et drôles de manières... Mon portugais réclamait la vraie France, sans gêne ! Un parisien blanc catholique, quoi !

Je descendis lui demander des poubelles supplémentaires car, lui dis-je, je faisais des rangements pour ma mère. Il me donna des poubelles, de grands bacs en métal avec couvercle noir et souple, et poignées, qu'il plaça dans la cour à la porte de l'escalier de service. Et j'évacuai par le monte-charge je ne sais combien de sacs, effets, affaires diverses, sacs en cuir, en crocodile, valises remplies de pelotes de laines et d'habits, plein de choses terriblement encombrantes qui, littéralement, m'étouffaient. D'ailleurs je respirais mal, j'étais asthmatique, ce dont mes parents ne se souciaient nullement. Libération coupable, culpabilité oxygénante, appelez cela comme vous voudrez, je me suis fait un grand bien ce jour-là. Et j'ai fait du bien aussi aux bonnes de l'immeuble et sans aucun doute d'alentour, qui se donnèrent si vite le mot que les poubelles que je remplissais en bas se vidaient aussi vite. C'est pourquoi, lorsqu'on tenta de m'interroger, je ne pus dire quelle quantité d'affaires fut jetée ce jeudi de révolte silencieuse et efficace.

Le châtiment fut lent et terrible : les curés consultés sur mon état et sans doute d'autres bons conseilleurs du même acabit, dictèrent l'éloignement du rebelle de sa famille de sang et de sueur. Je fus envoyé loin dans un collège de maristes, arraché à tous mes copains de Condorcet, à ma marraine de Paris et aux salons de thé, arraché à mes petites familles imaginaires, concierges, boulanger, boucher, libraire, vieille pute logée au sixième étage, fils du fourreur éleveur de chevaux de course qui me promenait dans leur américaine aux vitres électriques. J'eus droit aussi au cabinet de psychologue dans le seizième, avec des tests pendant plusieurs heures, dont j'ai retrouvé le compte-rendu bien des années plus tard, la « préoccupation » d'un QI « élevé pour cet âge », avec « une propension à trop se fixer sur l'importance des mots », et « une admiration très importante pour le père »..., rien que de très habituel chez un gamin adolescent qui crée son monde, ce qui est si nécessaire pour ne pas mettre tout simplement fin à la réalité qu'il subissait. Je m'étais procuré, dans la vitrine-pharmacie d'où mon médecin de père prélevait les échantillons qu'il donnait à ses patients, suffisamment de barbituriques pour en finir facilement avec ma courte vie. Je portais la petite fiole sur moi, me disant, chaque matin, que ce serait ma dernière journée de souffrances. Cependant, j'avais tant de ressort, tant d'énergie, tant de fantaisie, tant de goût et d'envie de vivre, de courir, de voyager, de connaître, que je n'en fis rien et que personne ne se douta jamais de mes intentions quotidiennes. Pour éloigner le tragique, je rêvais de communiquer avec le monde entier, je parlais avec mes professeurs. Et j'avais le grand plaisir de coucher des mots sur du papier.

Car j'avais, grâce à mon argent de poche, très peu il est vrai, grâce aussi à mes larcins dans le portefeuille de mon père, un peu plus d'argent, et grâce à certains prélèvements dans les troncs de la quête le dimanche à l'église puisque ma charge d'enfant de chœur m'y donnait accès, j'avais pu m'acheter une *Pierre Humide* : une boite en fer assez plate et lourde, d'une dimension un peu supérieure à celle d'une feuille de papier machine, qui contenait de l'argile bien plate, très compacte et mouillée. Il fallait lui conserver cette humidité. On tapait à la machine ou bien on écrivait sur une matrice de papier glacé en plaçant, en intermédiaire avec la première feuille, un carbone spécial dont la face encrée était tournée vers le papier glacé. On obtenait ainsi un stencil encré en bleu qu'il suffisait de coller sur l'argile, passer un rouleau pour bien encrer la pierre, le retirer avec précaution. On pouvait imprimer jusqu'à trente feuilles qui buvaient peu à peu l'encre déposée sur l'argile. Puis il fallait effacer la pierre humide en la lavant, tout simplement, et imprimer la page suivante. J'ai pu, pendant des mois, publier un journal à Condorcet, avec actualités, histoires, dessins de copains, caricatures, nouvelles et poèmes... Tout cela me fut interdit du jour au lendemain, mais jamais on ne me présenta la situation nouvelle comme une punition. Et sans aucun doute, cela a-t-il été beaucoup plus douloureux qu'une vraie grosse punition pour bien remettre les choses à leur place.

Mais le pire fut la revanche gastronomique. Ma mère, quoique souvent malade, dans son lit à la maison ou absente loin dans des cliniques, faisait parfois la cuisine. Elle adorait, comme elle disait, *déguster*. Nous avions droit à des recettes diverses tirées d'un livre de ma grand-mère, qui n'avaient rien de diététique et qui étaient superbement délicieuses. Notamment une féérique tarte à l'envers : caramélisée à point, fine et magnifique, tiède, vite avalée avec ou sans glace à la vanille. Du jour qui a suivi le jeudi désastreux, celui de ma libération-aux-placards, ma mère n'a plus jamais fait sa tarte à l'envers et quand, des décennies après, je l'évoquais, ma mère me répondait qu'elle ne se souvenait absolument pas de cette tarte et qu'elle n'en avait, en tout cas, jamais eu aucune recette, mensonge dont elle n'a jamais dévié. La véritable punition, c'est à la fois troublant et amusant, est d'avoir fait s'enfuir le peu d'expression d'amour maternel qui s'incarnait dans ces moules aux rondeurs sucrées.

Il a bien fallu se rendre à l'évidence, le collège avait fait beaucoup de dégâts en moi, sauf sur ma scolarité qui était restée correcte car j'étais passionné de tout. Je fus ramené à Paris, et j'entrais au Grand Condorcet. Ce lycée de la République n'avait pas d'accord avec l'école privée –il ne faut jamais dire école *libre*, adjectif réservé à l'école de la laïque– comme pour le Petit Condorcet où nous finissions les cours à quatre heures et demi, avec une demi-heure pour nous rendre au collège Fénelon –pauvre Fénelon– pas celui des filles, celui des garçons, avec des curés en soutane. Et notamment un, que nous appelions Gus, il connaissait son surnom, ça lui plaisait, une sorte de légionnaire rigolard mais abruti qui nous menait un train d'enfer. Et qui tordait des règles en aluminium sur nos petits culs, devant tous les garçons en étude. Punition corporelle, le soir, j'y passais peu souvent mais quand même, j'enfilais l'un sur l'autre deux slips Petit Bateau en coton épais, pour amortir les coups. Mais il savait taper juste à la limite du slip, sur le bord de la peau de la cuisse… Ah ! le salaud !... Longtemps j'ai pensé que si je l'avais croisé dans la rue, ainsi que celui qui m'avait attaché sur une chaise, je les aurais giflés bien fort, un bon aller-retour, paf, paf, avec grand plaisir. Et quand je repense à Fénelon, en fait je les amalgame à cet agent de l'Église, ce Fénelon qui instruisait les confesseurs à propos des bonnes questions à poser pour obtenir une bonne séance de contrition.

Bien d'autres contraintes, des tortures *propres*, sans traces, m'étaient imposées. Il aurait été hors de question que je refuse de me coltiner un lourd paquet de la revue Missions Africaines, à vendre. Il me fallait aller la proposer à toutes les vieilles dames que je connaissais, certaines avaient pitié de moi ou bien croyaient-elles gagner ainsi une part de leur paradis ? Je parcourais les étages de notre grand immeuble haussmannien dont les bâtiments donnaient sur des jardins intérieurs, vestiges de ceux de Tivoli disait-on, dans cette partie du neuvième arrondissement de Paris qui avait été rasée et reconstruite par le baron bourgeois. Les petites masures et les prés laissèrent la place aux rues et aux immeubles en pierre de taille. J'adorais notre cage d'escalier qui, comme toutes les autres, avait son ascenseur hydraulique que je prenais avec délices, juste pour entendre ses essoufflements huilés, et m'asseoir sur la banquette en velours rouge de sa cabine en bois sculpté, ouverte vers le haut pour voir la voûte du dernier étage, me conduisait jusqu'à l'appartement d'une dame seule, qui sentait bon la poudre de riz, qui me parlait en souriant comme pour s'excuser de n'être pas plus jeune.

– Je ne viens pas vite t'ouvrir la porte…, mon garçon… Alors, montre-moi ceci…, tu m'apportes…, voyons cela…

– Vous pouvez prendre la revue des Missions de ce mois-ci, c'est deux cent cinquante francs, ou avec deux autres numéros, c'est pour six cents francs les trois numéros…

– Hum…, oui…, non…, baragouinait-elle en regardant les revues, sans sembler y prêter un quelconque intérêt. Il faut dire que les couvertures étaient le plus souvent illustrées de photos de « petits chrétiens », et je voyais bien qu'elle trouvait très osé et sans doute incongru ces illustrations et leurs légendes, comme si un enfant africain pouvait avoir quoi que ce soit de commun, même affublé d'une croix en pendentif sur la poitrine, avec un jeune garçon de France !?… Je ne saisissais pas quelles mauvaises pensées ignominieuses habitaient cette paroissienne. Tout simplement, elle était raciste, ce que je ne pouvais encore comprendre tout à fait.

Elle finissait par me prendre, comme à regret et en me faisant endurer mille blessures d'amour-propre, moi qui m'abaissait à colporter ces tissus d'âneries, le dernier numéro de la revue. Couverture avec photo et une couleur à plat, à chaque fois différente, dans les marrons, les verts ou les jaunes foncés. Je notais le nom de l'acheteuse sur le talon du carnet à souche où j'inscrivais aussi le montant, bien vite mis dans un petit sac. Comme les billets de tombola, qu'il fallait aussi aller placer à toutes les mêmes vieilles dames ou couples pratiquants de la paroisse de la Sainte-Trinité, les carnets avaient dix billets. Comme il était difficile de parvenir au dernier ! Et de plus il fallait, pour être un bon garçon, en vendre au moins deux ! Vingt personnes, couples, bonnes, concierges qui refusaient toujours,

– Non, nous, on croit pas, mon gars !..., désolés pour ton curé !...

– Non merci, *on a déjà donné* !...

Une torture, une vraie, toutes les fins d'après-midi, prétexte à sortir de l'appartement et à s'éloigner un peu dans la rue et ses immeubles proches. A bout, je décidais parfois d'emprunter un billet de plus dans le portefeuille paternel afin de payer un carnet à souche où j'inscrivais des noms inventés. Je m'empressais de déchirer et brûler dans la chaudière de l'office autant de revues. De retour dans ma chambre, j'ouvrais la fenêtre qui me donnait accès à un balcon rond et, me hissant sur sa marche, je pouvais voir clignoter l'enseigne géante du Casino de Paris, à gauche, plus bas dans la rue. Spectacle de mes soirées, de mes imaginations bien vite stoppées par l'appel à table pour le dîner.

J'étais sans haine, mais la contrainte me pesait comme un fardeau indispensable, de ces culpabilités qu'ont les enfants qui songent à ne pas accomplir ce qui leur est imposé, en rêvant sans cesse au moment de leur libération, ce jour où ils pourront prendre leur envol et ne plus dépendre de personne. Ils pensent parfois qu'ils ont été adoptés, qu'ils sont de parents inconnus qui les ont abandonnés, mais que l'on ne leur avouera jamais. Car je cherchais quelque explication à l'isolement dans lequel je me trouvais sans cesse. La nuit, je me levais, comme je l'ai fait ensuite toute ma vie, au moins une fois, pour aller boire un verre d'eau. Dans le grand appartement, il me fallait traverser la galerie, d'abord à tâtons, le premier couloir, l'office, le deuxième couloir, et tout au bout dans la cuisine, je prenais un verre de service, faisait couler l'eau sur la grande pierre à évier qui éclaboussait un peu, et me délectait de cette onde fraîche. En hiver, la chaudière à charbon du chauffage central ronronnait. Je repassais devant elle, ouvrais en la soulevant de son ergot la lourde porte en fonte d'aluminium, celle du haut pour le chargement des boulets, grâce à la poignée en fil de fer qui ressemblait à un fouet à omelette, regardais le rougeoiement du centre de la Terre, la chaleur piquant l'humidité de mes yeux. Puis repartais vers mon lit dans lequel je me renfouissais bien vite jusqu'au matin. Et, à chaque fois, dans le premier couloir, sur le retour, je m'arrêtais devant un miroir qui grimpait jusqu'au plafond, supporté par ses boiseries moulurées, je me regardais dans la pénombre, mes yeux s'étant habitué depuis plusieurs minutes à voir dans le noir. Je me regardais, je me fixais dans les yeux, et soudain les larmes coulaient, je pleurais silencieusement, très fortement, je ne pouvais m'arrêter et je craignais d'être découvert dans cette position. Je craignais que l'on comprenne mon soulagement, qu'on sache que mon malheur pourrait trouver à s'apaiser à l'idée de disparaître dans mes larmes, comme un petit bouchon dans la rivière noire. Heureusement les autres étaient loin, à l'autre bout de l'étage immense que nous habitions. Et ils dormaient. Jamais personne ne me vit. Adulte, cela m'est arrivé de me souvenir de ces moments et de pleurer aussi, sans raison autre que ce débordement de soi qui fait venir les larmes de simple absolue tristesse. Je ne sais si c'était le souvenir ou la réalité du moment, de nouveau, qui m'y poussaient. Toute ma vie, j'ai du reprendre ma respiration, la reprendre bien profondément à la vue de deux êtres qui s'embrassent, pour ne pas pleurer devant eux.

Je me disais romantique, je savais que c'était misérable et sans doute ridicule. Pour moi, les poètes devaient tous mourir..., sauf un soir Jean Cocteau qui était assis juste devant moi, un soir, à un concert dans l'église Saint-Séverin. Je voyais sa petite nuque, à portée de main. Mon père s'aperçut que je regardais davantage le petit homme que le violoniste, Christian Ferras, qui trônait dans le chœur en battant du bras son instrument. Cocteau ! Un *inverti*, *acoquiné* avec un jeune homme, *très beau certes* mais vraiment *mauvais acteur* ! C'est ainsi que l'on en parlait devant moi. Je ne savais pas pourquoi mais je trouvais tous ces jugements injustes et haineux pour rien. Surtout les paroles à l'emporte-pièce de mon père. Cocteau, j'avais sa photo placardée au plafond dans ma chambre, je le lisais, comme je dévorais Saint-John Perse, comme Éluard surtout, comme Blaise Cendrars, comme Lautréamont, comme Proust illustré par Van Dongen. Il y avait tant de choses sur les murs et le plafond de cette grande pièce qui avait été un salon, avec ses anges dans les coins et ses décors Napoléon III. En quittant ma chaise rembourrée de paille coupante et sèche, ce soir-là, j'ai tendu mon programme à Jean Cocteau où il a prestement dessiné son nom, sans un mot, avec un vague sourire ridé, et dans ma précipitation pour ne pas risquer quoi que ce fut avec mon père, je quittai l'église en hâte, sans un regard ni un remerciement. Et, de même que pour l'autographe demandé à Giorgio de Chirico dont je sortais faire pisser le chien avenue Montaigne lorsque j'étais groom au Plaza-Athénée, ces quelques centimètres de stylo sur un papelard me plongent toujours dans ces temps de remontrance et de jugement qui ont tant pesé sur ma jeunesse. Honte aux adultes qui ont tenu nos têtes sous le joug du plaisir de cracher leur dégoût, incapables qu'ils étaient de comprendre toute différence.

J'avais grandi quand même, je faisais mes études au quartier Latin et j'étais passé devant la devanture de la librairie Corti, rue de Médicis. La porte était ouverte, bien à la perpendiculaire, comme une invitation, le soleil donnait sur les vitrines de chaque côté et sur le parquet. Je m'avançai et le sombre de la boutique se déchira pour laisser apparaître José

Corti assis à son bureau, pile face à l'entrée. Je m'avançai toujours, il leva doucement les yeux :
– Oui, jeune homme ?...
– Je voudrais les Chants de Maldoror, s'il vous plait.
– Oui.
Et il se lève mais j'aperçois non loin sur la droite une pile de Chants aux tranches non coupées, toutes fraîches arrivées de l'imprimerie. J'en prends un avant qu'il ait quitté son bureau et lui tend. Il me sourit et m'enveloppe mon cadeau d'un papier de couleur semblable à ces couvertures si belles des éditions Corti. Je me suis fait souvent des cadeaux en entrant dans ce temple, Bachelard..., Julien Gracq..., et je les prends toujours en main en revoyant José Corti à son bureau dans l'axe de la porte de la belle librairie de la rue Médicis.
Lors de mes déambulations dans ce quartier, je passais pour le voir, furtivement, telle la statue d'un maître respecté, de ceux qui transmettent la phrase et l'imaginaire.
Le feu s'immisçait en moi, ces nuits où je me réveillais brusquement tout mouillé, presque jusqu'au cou. Un feu invisible comme celui qui court sur les charbons d'encens qu'on allume d'un côté : une minuscule ligne rouge étincelle en emplissant toute la surface du petit plot noir qui devient brûlant. Il ne reste plus qu'à déposer les grains d'encens et à refermer le couvercle sur la fumée envahissante. Au lieu de feu courant, c'était du liquide qui baignait mon corps, d'autant plus terrifiant qu'il imprégnait aussi les draps, mon pyjama. Ma peau était chaude puis très vite, dès les yeux ouverts dans le noir de ma chambre, tout devenait froid et dangereux comme si cela pouvait

conduire quelque électricité qui m'aurait anéanti et
brûlé par un courant explosif. Je sautais du lit. Un
vent glacial me saisissait, il est horrible d'être mouillé
en s'éveillant, mouillé de pisse ! Et le petit garçon se
précipitait dans le lit proche du sien, juste au bord
sous le drap et la couverture le couvrant à moitié.
Cette moitié tout de suite tiède, l'autre glacée,
mouillée. Mais je n'avais pas même le temps de
terminer le mouvement pour entrer davantage que
ma sœur, celle qui était mon aînée de huit ans, me
tenait debout en me déshabillant. Ma loque de coton
mouillé jetée dans le bidet, je retournais me coucher,
nu, contre elle, et terminait ma nuit dans une douce
chaleur que recevaient mon petit corps de cinq ou
six ans et mon esprit désemparé. Ma culpabilité
s'aplanissait assez vite et on avait beau me répéter de
ne pas boire le soir, cela ne changeait rien : de
manière aléatoire, incontrôlable en tout cas, j'ai pissé
au lit jusqu'à douze ans. Ma première année dans le
collège à qui Saint Vincent avait donné son nom
mais pas sa protection, fut un enfer diurne et aussi
nocturne car très souvent trempé. Cette sœur-là était
loin. Ce sont mes mains sous le drap et mes
premières masturbations qui me guérirent assez
rapidement d'être un « enfant énurétique » comme
disait mon père en présence d'étrangers. Un
dimanche soir où mes parents affectionnait d'inviter
à diner leurs curés, la colère me submergea et je
coupai la parole paternelle par :
— … enfant énurédique… énurésique ! C'est mieux
que *priathétique*, bande de… *satrapes* !
Tout le monde s'esclaffa et je sortis de table
vivement. J'avais inventé spontanément un drôle de
juron en mélangeant mes premières lectures de grec,

priapique et pathétique étaient venus se télescoper. Le satrape sortit en sus ! En tout cas, ce fut définitivement terminé, je ne pissais plus dans mon lit la nuit, à mon grand étonnement. J'eus longtemps peur que cela puisse recommencer. Je pouvais boire tout le temps, la nuit, le jour, le soir, moi qui aime tant l'eau fraîche ! Dans ma vieillesse, je n'eus aucun problème de fuite urinaire, mes sphincters fonctionnèrent jusqu'au bout, seule ma vessie était sans doute un peu comprimée par une prostate grossie, comme c'est ordinaire chez un homme de quatre-vingt sept ans. Il me fallait trouver des toilettes assez souvent dans la journée et me lever plusieurs fois la nuit. La France est un beau pays de cafés aux toilettes inégales et souvent nauséabondes, mais les hommes peuvent pisser debout, c'est un avantage, même si c'est beaucoup plus agréable et efficace de s'asseoir.

Le coiffeur du Cercle Militaire de la place Saint-Augustin n'utilisait pas un bol comme me l'avait promis ma troisième sœur, la débile qui voulait me terroriser. Il me faisait la coupe en brosse, c'était plat et doux, parfait. On me passait tout le temps la main dessus, j'avais l'air à la fois sage et polisson. Normal pour un petit garçon accompagné de son père pour se faire couper les cheveux, côte à côte dans de grands fauteuils en skaï noir et chromes. On me juchait sur une planche recouverte d'une serviette, qui reposait sur les accoudoirs, je voyais mon double en face, et le coiffeur dont le cliquetis des ciseaux n'arrêtait pas, tout près, comme pour me couper les oreilles. Son autre main enserrait fermement ma petite tête pour l'incliner comme une rotule, de droite et de gauche, d'avant en arrière et en avant, clic, clic, clic, clac. Tout en haut du grand immeuble en pierre de taille sculptée avec d'immenses personnages, des armes, des drapeaux et d'autres ornements, en équerre avec la place où trônait l'immense église hideuse et noire car les monuments de Paris, à cette époque, n'étaient pas ravalés. Souvent, le même jour, nous trottions par le boulevard Haussmann si bien nommé avec ses clapiers bourgeois à balcons uniformes aux deuxième et cinquième étages, premier étage bas de plafond, chambres à vasistas pour les bonnes au sixième. En face des grands magasins du Printemps, la rue Auber nous offrait Manby, l'habilleur des enfants. J'y essayais rapidement un pantalon, une chemise, des pulls, le vendeur proposait chaussettes et slips. Nous étions des petits bourgeois, bien sages et polissons, madame. Mon père allait vite, il faisait son devoir en l'absence de ma mère dont je n'ai pas envie de me souvenir qu'elle m'ait une seule fois accompagné, comme si rien de la sorte ne pouvait émaner d'elle. En sortant de Manby, il ne pouvait pas s'empêcher de me raconter, à chaque fois, que Jules Védrines s'était posé en avion sur le toit des Galeries, en 1919, avec un avion Caudron, son ami Caudron, de la famille Caudron d'Amiens, et qu'une stèle le commémore sur la terrasse, tout en haut ! Avec ma fausse marraine Gilberte, la femme du dentiste rentré de captivité avec mon père, c'était les salons de thé de ces illustres Galeries Lafayette et de Madelios. Avec la marraine de mon frère, Jacqueline, une vieille fille très chic dont les cheveux, disait ma mère, avaient blanchi en une seule nuit avant ses trente ans, c'était les salons de thé plus huppés, place du Palais Royal avec du vrai chocolat chaud, dans un décor peint par Dufy disparu un jour pour laisser place, en même temps que le salon, à l'Office marocain du tourisme. Ou encore le salon au nom d'*Angelina chez Rumpelmeyer* sous les arcades de la rue de Rivoli, avec ses bois peints et dorés et ses grandes marines, ses pâtisseries aux marrons et chantilly, son sublime chocolat chaud, et ses couples de vieilles dames dont l'une parle sans arrêt et l'autre opine. Toutes ces séances me donnèrent le goût des salons d'après-midi où nous allions en sortant de la Sorbonne avec mon copain Jean : la grand-mère Bertillon dans le hall de l'hôtel de Bourgogne, bien avant l'immense succès de ses enfants glaciers devenus célèbres grâce aux recettes de leur ancêtre, recevait sur quelques tables, offrant ses thés et ses boules de glace délicieuse. Ou l'Alsacienne en haut du Boul'Mich' où nous affectionnions la serveuse qui nous donnait toujours deux pains aux raisins, deux chaussons aux pommes ou deux palmiers pour le prix d'un. J'y ai entretenu mes très mauvaises habitudes alimentaires d'enfance. Mais quel plaisir que ces minutes en suspens dans une vie sans attaches, le Luxembourg nous accueillait avec nos viennoiseries, près du grand bassin et ses petits voiliers.

Les coiffeurs, comme les dentistes, ont un rapport à notre corps qui parle trop de la vie pour ne pas concerner la mort. C'est pourquoi ils sont si importants, ils tiennent une place majeure : perdez votre coiffeur ou votre dentiste mais surtout votre coiffeur, et vous voilà perdu ! Pendant quarante ans, Jacques M. m'a coiffé mais il est mort bien avant moi. Certes il était de beaucoup mon aîné, ce n'est pas une raison suffisante. Il m'a abandonné en me laissant dans les affres d'une recherche effrénée et angoissante pour le remplacer. Irremplaçable en fait, Jacques était une star. Il était chiant aussi. Il radotait. Il racontait toujours ses histoires de vedettes coiffées à domicile. Il excellait dans les histoires et il en faisait aussi. Venu par le grand Alexandre à la coiffure après la guerre, je le connus chez Carita Homme. Les deux terribles sœurs et leurs chignons venaient parfois le visiter –il le faut dire ainsi– dans *son* salon, qu'il partageait avec une autre star, Pierre et ses petits whiskies. Ils étaient si jaloux l'un de l'autre que d'oser penser à changer pour l'autre en l'absence de l'un vous précipiterait instantanément dans la géhenne d'un enfer infini. Et c'est pourtant ce que je fis : j'avais été recommandé *à* Pierre qui devint *mon* coiffeur et moi *son* scalp. Je lui avais été dévolu. Le cérémonial se déroulait implacablement, avec son rituel ancestral et sacré. Lumières et boiseries complétaient l'office religieux dans un véritable temple au dieu du cheveu masculin. Mais Pierre ne me plaisait pas, il était hâbleur, fat, très stupide et superficiel. Je profitai de son absence en congés pour passer dans les mains de Jacques. A son retour, Pierre fut vexé et sans aucun doute si gravement blessé qu'il ne m'adressa plus jamais la parole, pendant les années où j'ai fréquenté la rue du Faubourg Saint-Honoré. Dès qu'il me voyait dans le grand miroir, il faisait tout pour ne pas croiser mon regard. Le coiffeur est en relation directe avec le principe vital qui nous anime, pour avoir une telle importance, et pour influencer autant nos comportements et nos pensées. Jacques était faussement attentionné mais il écoutait parfois. Ce qui a créé au long des années une relation suffisamment vraie pour que nous ne tombions pas à chaque fois dans les mêmes banalités. Puis Jacques disparut un jour, tout d'un coup, au détour d'un congé et pour toujours. Mais avant cela, les aventures de mon coiffeur furent peintes sur une grande fresque de gare que Puvis de Chavannes n'aurait pas reniée ! Devenu responsable du salon Carita, il avait été remercié par les japonais qui avaient racheté l'entreprise à la dernière sœur vivante. Comme il avait pris soin de garder les numéros de téléphone de ses clients dans un carnet personnel, il me donna l'adresse de son nouveau temple et je m'y rendis. Puis je le suivis, car il en fit plusieurs, du Rond Point des Champs-Élysées à l'avenue de l'Alma et à la Concorde. Que des hauts lieux où les loyers sont chers ! Les coupes aussi. Il finit par s'installer non loin du consulat des États-Unis, et j'y retrouvai aussi Claude, gentille et modeste shampouineuse avec qui il faisait équipe depuis si longtemps. L'équipe refondée, nous retrouvâmes nos cérémonies et le plaisir de se voir plusieurs fois par an, mes voyages me permettant de faire admettre que je ne vienne pas toutes les trois semaines sans paraître pingre. Je n'allais nulle part ailleurs, il n'en aurait pas été question ! La jeune fille du champoing est devenue une dame et partit en retraite en Bretagne, Jacques ne revint pas de vacances et mourut. Bref, la catastrophe. On n'est pas ridicule à avouer que de tels faits ont une si grande importance, car c'est votre coiffeur qui vous montre votre vie elle-même, le temps qui a passé. *Dans le miroir*, dit Cocteau, *où l'on voit la mort travailler*. Coiffure et cheveux sont là pour le dire, cruel et intéressant.

J'ai su que j'étais vieux lorsque les autres devinrent soit très méchants comme jamais, soit très gentils, différemment de la vie d'avant. Je sus ma vieillesse lorsqu'on se leva devant moi, pas seulement pour me dire bonjour mais pour me laisser de temps en temps puis davantage puis toujours, sa place assis. A quatre-vingt trois ans, plus rien de l'agitation extérieure ne me concernait. Ce n'est pas se retirer, c'est être à distance de toute proximité, des mouvements, des objets, des contacts, des mains, des visages, des nourritures, des actions, des obligations, plus rien ne peut vous être imposé. J'étais heureux grâce à trois petites choses : voir se réaliser une prédiction politique où je m'étais hasardé, être adoré des enfants, recevoir de grands sourires de la part des jeunes femmes. La sagesse prédit avec raison lorsqu'elle n'est pas trop assurée, le sentiment attire lorsqu'il n'est plus intéressé, la joie irradie lorsqu'elle est loin de tout désir de possession. A quatre-vingt quatorze ans, je devais me reposer fréquemment, ce qui me faisait voir le monde à travers une vitrine, sans les bruits ni les courants. Non, je ne me suis jamais senti exclus. Je savais que le monde me quittait peu à peu, pour me préparer à partir. Et c'était vraiment bien. Pas douloureux, comme cela avait pu l'être parfois lorsque, en pleine activité et connexion sociale, vous perdez quelque chose ou quelqu'un. Et que vous vous en voulez.

Les vieux, dans ma jeunesse, c'était un petit superbe village au bord de la rivière. Une maison de poupée, si petite que nous devions nous glisser, par un escalier de meunier qui menait à un réduit au dessus de la pièce avec cheminée dans laquelle on entrait directement de l'extérieur, jusqu'à un lit d'enfant que je partageais toujours avec quelqu'un, frère, sœur ou cousin. Il y avait des vieux partout : le matin au petit-déjeuner, c'était comme s'ils ne dormaient jamais, ils étaient habillés, frais et prêts, devant leur tasse de café bien chaud, ou dehors à faire de la gymnastique, grand-père à moustaches taillées, en maillot rayé, qui faisait ses mouvements d'assouplissement en rythme. Ce n'étaient pas mes grands-parents, mais tous les vieux qui nous servaient de famille en l'absence de nos ancêtres qui étaient *partis au ciel*. Ils étaient tous venus d'ailleurs, parisiens auvergnats qui ne manquaient pas de pointer du doigt sur la carte, au mur, la route qui partait à rebours depuis la capitale jusqu'à leur patrie de naissance. Ils n'étaient pas ma famille mais ils étaient toute une communauté indissociable, hommes et femmes, tartes aux mirabelles, cerises des cerisiers, baignades dans l'Yonne et chemin de halage, tout cela était un ensemble cohérent, compact, amical, chaud, parfois répressif, mais toujours délicieux d'amour répandu. Comment ce petit village devint-il le lieu d'où les parents de mon père furent emmenés par des gendarmes vers un camp de rassemblement pour les déporter, comme on disait, puis les assassiner dans une des usines de mort installées par les découvreurs d'une "solution finale" pour apporter le bonheur à l'humanité ? Du moins, si elle savait "se débarrasser de tous ses parasites" ?! Sur le monument aux morts de la grande ville proche, il y a les morts de la Grande Guerre, et quelques noms pour 39-45, mais rien sur ces réfugiés, arrachés au pays, événements qui n'ont engendré que du silence et parfois un furtif malaise.

Et pourtant, dans ce département, beaucoup furent emmenés par l'organisation policière de l'État pétainiste, un des postes de travail sur la chaîne de mise à mort des *rats*. Après plus de soixante-dix ans, j'ai retrouvé des arrières petits-enfants de la communauté auvergnate qui portaient en eux cette histoire silencieuse. C'est par l'un d'entre eux, une jeune femme, que j'ai appris que les noms avaient été gravés sur le mur du monument qui regarde la Seine se diviser à ses pieds, en amont de la cathédrale Notre-Dame. Elle y était allée tout spécialement, reliée à ces heures et à ces lieux dont sa famille porte les souvenirs brûlants. Car la communauté auvergnate avait recueilli deux juifs parisiens dans une petite maison dont ils étaient propriétaires sur la place de l'ancien cimetière du village. Cela représentait déjà un haut risque que de l'avoir fait. Leurs deux amis se promenaient dans les rues avec leur étoile jaune. Mais ce ne fut pas une dénonciation dont ils furent victimes mais de l'extrême certitude qu'ils avaient de n'avoir rien à risquer de la part du pays qui les avait accueillis et à qui ils avaient donné toutes leurs forces de travail et d'amour de la République. C'est pourquoi, spoliés de leur commerce par le commissaire aux affaires juives, ils avaient porté plainte en donnant leur adresse…, dans ce village !

Dans ma communauté auvergnate, il y avait encore en 1924 une arrière grand-mère née en 1832 qui avait vécu à seize ans la Révolution de 1848 qu'elle ne manqua pas de raconter jusqu'à sa mort en 1931, à chaque fois que mon père le lui demandait. Jusqu'à ma propre mort, j'ai transmis des souvenirs de la révolte parisienne de Février, à presque deux siècles

31

d'écart, grâce à un seul intermédiaire entre leur témoin et moi ! Ce qui se dressait, dans les récits de la grand-mère, c'était la majestueuse Deuxième République, si emblématique pour la communauté composée de parpaillots qui avaient viré à la laïcité militante, instituteurs quittant la franc-maçonnerie à l'avènement de la Troisième République, anti-calotins patentés qui savaient cependant rester polis avec le curé du village.

Il fallait toujours des souvenirs, des commémorations, des couleurs et des rencontres, comme si le présent ne pouvait jamais être vécu légitimement sans alibi du passé. Il fallait avoir été pour être, avoir dit pour être entendu, avoir écrit pour être écrivain, avoir été diva pour être engagée, avoir travaillé pour avoir du travail. C'est donc fort tôt que j'appris à mentir, puisqu'il fallait avoir rempli son passé avec ce que l'on souhaitait découvrir. J'avais commencé par des mensonges sans conséquences apparentes, de faux voyages, de fausses rencontres, de faux événements, de faux sentiments. J'avais envoyé une très belle carte postale de l'île de Cézembre, écriture bien serrée du récit d'une très belle journée passée sur le bateau, puis sur la petite plage où nous avions débarqué, et terminée d'une ligne sur le port de Saint-Malo, au retour, avec sa cale de granit et ses algues chevelues. Ma maîtresse de musique, Madame Germain, que j'aimais tant et qui me donna le bonheur de faire des émissions à France Musique pendant de très nombreuses années, fut très charmée par cette carte. Incidemment, elle en parla lors d'une réunion de parents, et sitôt rentrés pour diner, on me demanda des comptes :

« Qu'est-ce que c'est que cette histoire ? Quand es-tu allé à Cézembre, toi ?

– Mais nous y sommes allés ensemble je crois ?...

– Tu sais très bien que non ! Tu mens. Tu mens, tout simplement, c'est incroyable ! Pourquoi pas… en Russie, ou je ne sais où…?!

Mon père était en colère, pas furieux mais comme peiné d'être perdu au milieu d'un univers, le mien, où il n'avait aucune place ! J'étais plutôt fier. Cette fois encore, on m'emmena chez une psychologue, passer des tests. Des tâches sur des pages, comme vous n'en avez jamais vues ! Impossibles à interpréter ! Je n'y ai vu que des squelettes, tels les morceaux d'os que mes parents rapportaient parfois à la maison. Surtout de grands os, un bassin, des jambes, des doigts, des bras. Bref, on en déduit, une fois encore décidément, que j'avais *une certaine admiration pour mon père* mais une propension *à trop faire attention aux mots.* Incompréhensible, vous dis-je ! Je suis allé sur l'île de Cézembre, beaucoup plus tard, beaucoup moins bien et plus petite que la vraie, la mienne. Presque déserte et couverte de blockhaus pourris et malodorants. Et puis, de toutes façons, il était toujours aussi difficile de se baigner dans cette mer devenue si froide depuis que j'avais commencé à connaître les joies du lit. Je veux dire que l'eau m'a semblé supportable jusqu'à ce que je commence à penser au sexe en action. La température déclarée vivifiante de cette eau d'Émeraude était inversement proportionnelle à mon désir d'aimer. Ce n'est pas l'eau des Maldives qui fait penser au sexe, mais c'est bien l'eau bien froide, avec la peau bleuie et hérissée, qui réveille les sens. Mais il est un fait que ces contrées à l'eau fraîche sont hantées par une bourgeoisie calotine et hypocrite, où toute expression du désir est proscrite. Ma mère, qui souhaitait pour moi que je sois une fille ou que je devienne prêtre, me donnait des canevas, de petites images, des pelotes de laine de couleurs vive et une grosse aiguille. Je devais poser des fils colorés tout au long des lignes du dessin. La fille –toute jeune fille– d'amis de passage me regardait faire, et il était évident pour moi que le petit poisson aux yeux grands ouverts avec des cils bien recourbés lui ressemblait tant que j'allai lui faire cadeau de ce travail de couture. Le scandale fut grand, puis dégénéra en rires étouffés. On se moquait de moi, de ma naïveté, de mon effronterie. Moi, j'essayais des mots. Comme ce jour où je déclarai à la sœur aînée de mon correspondant anglais, un soir dans la cuisine du grand château du Sussex :

–Loïs..., in fact, I don't hate you..., but I... like... no !... *I love you* !

Scandale, scandale, elle courut le dire à son père, renvoi immédiat dans ma famille française le lendemain matin.

Comme chez mon correspondant irlandais, à Dublin, le jour de Noël, les mâles se poivrant au whisky depuis le déjeuner jusqu'à tard dans la nuit, juste interrompus par la messe où il vinrent avec des yeux comme des phares en billes... Et je tentai d'embrasser la sœur de mon navet d'alter ego qui me fit la leçon en me disant qu'il était obligé de le dire à ses parents. Cette fois aussi, on me renvoya en France, je ne finis pas le congé d'échange scolaire. Et j'en ris tant, encore pendant des années, lorsque j'ai constaté qu'à chaque fois, les séjours linguistiques auraient du s'appeler séjours de déniaisement, séjours de dévirginité, séjours d'alcoolisation… Libéralisation, transgression ont été à l'honneur de ces moments uniques, à un âge unique. L'adolescence ne tente pas tant d'agir, de faire des coups, que de se raconter des histoires à propos de ce que l'on vit. Mais il est interdit d'essayer des mots.

« Le docteur », comme ma mère appelait mon père… « le docteur rentrera plus tard, mettons-nous à table sans l'attendre », dit-elle à Marie, la bonne, pour que nous allions tout de suite dans la salle à manger. Mais mon père, toujours vif et pressé, arriva peu après. Il revenait de chez Édith Piaf dont il était un des toubibs, son oto-rhino. Il nous raconta l'appartement rempli de gens, « toutes sortes de gens, assis ici et là, et dans toutes les pièces… Elle est toujours entourée, jamais seule ! Quand je l'ausculte, je dois faire sortir plusieurs personnes de sa chambre ! C'est une femme extraordinaire ! » Et, à ma mère : « Je lui ai fait encore une piqûre… cortisone… nez… cloison… chanter… formidable… » Ces bribes qui me reviennent. Ce qui dominait, c'était l'admiration du médecin pour la femme et la chanteuse, gentillesse, bonté, amour, plein d'autres gens qu'elle recueille chez elle, à qui elle donne à manger et à boire, avec qui elle s'amuse. « Mais depuis Cerdan, quelque chose est cassé chez elle !… Elle se maintient, elle prend des tas de trucs… » Mon père n'en dit pas davantage. Sa version officielle fut de considérer simplement que Théo Sarapo avait épousé sa mère presque sa grand-mère, ce qui était vraiment trop éloigné de la morale de mes parents, non parce qu'ils en étaient choqués, mais qu'ils étaient persuadés que *cela ne pouvait pas coller.* Mon père ne s'est-il pas fâché avec mon parrain dentiste, le bellâtre en blouse blanche, qui divorça à soixante ans de sa Gilberte, de vingt-cinq ans plus âgée que lui et qu'il avait épousée au retour de la guerre, lorsqu'il retrouva, après cinq ans d'absence, son appartement vide, sa femme était partie avec tous les meubles. Édith Piaf était donc la chanteuse désespérée qui chantait tellement bien le désespoir ! Et qui plaisait tant *au docteur* qui la trouvait pourtant « *si laide, vraiment moche… ! Mais quel talent… !* » Elle lui plaisait beaucoup parce qu'elle savait de l'intérieur tout ce qu'il n'exprimerait, lui, jamais. Le 10 octobre 1963, la môme Piaf mourut, mon père dit simplement : « Normal… Tellement usée… Au bout… Miracle qu'elle ait tenu si longtemps… » Il en savait certainement bien davantage car il me dit plus tard qu'elle lui avait confié quelques pensées intimes.

Nous nous faisions nos histoires, nos romans, nos aventures, notre *île de Cézembre*. Dans le grand immeuble haussmannien, si majestueux avec ses sculptures de façade en pierre de taille, ses balcons en arc de cercle et ses grandes fenêtres aux petits carreaux biseautés en forme, le chauffage avait été central, par les murs, diffusant de l'air chaud par des trappes au ras du sol, larges bouches en cuivre ciselé qui s'ouvraient dans toutes les pièces de l'appartement. Je les utilisais pour jouer et correspondre avec mes voisins. Nous habitions au troisième étage. Au deuxième, il n'y avait que deux vieux, dans cet immense lieu de centaines de mètres carrés. Je descendais un petit micro par son fil, que je branchais à l'ampli de mon premier poste à transistor, un beau cadeau que mes parents m'avaient fait. C'était une boite rectangulaire recouverte de cuir pécari, avec un cadran rond à chiffres, cerclé de métal doré et d'un bouton central qui faisait tourner une aiguille, deux boutons en plastique crème pour choisir les gammes d'onde LW et MW, il n'y avait pas de modulation de fréquence hi-fi à cette époque. A gauche, un rectangle de toile dure, cerclée aussi de doré, une poignée sur le dessus, un dos ouvrable par boutons à pression, pour accéder au compartiment des très grosses piles qu'il fallait charger dans l'appareil. Sur un côté, un gros bouton beige pour allumer ou éteindre d'un gros « clic » et régler le volume. Et une prise micro, ronde, *très allemande*, pour laquelle j'étais allé à Radio-Cirque acheter un micro ad hoc, avec mes vols que j'appelais *mes économies*. En descendant ce micro par la bouche de chaleur du hall d'entrée, je pouvais percevoir quelques bribes de conversation des vieux d'en-dessous.

Au quatrième étage vivait le Docteur Modiano avec son petit-fils qui avait à peu près mon âge, mais qui n'allait pas à Condorcet ni, bien sûr, au collège de curés, le collège Fénelon de la rue du Général Foy. Je trouvais parfois des petits mots ou des dessins griffonnés sur des demi-feuilles de cahier attachées au bout d'une mince ficelle blanche, celle qu'on utilise en boucherie, et qui pendaient dans le conduit des bouches de chauffage. Un premier volet plein glissait pour ouvrir et fermer la bouche, mais la grille ouvragée, du moins celle de ma chambre, pouvait s'enlever, ce qui me donnait accès au petit trou noir béant qui sentait le suif, à moins que ce ne fut l'odeur de la cave, un mélange de métal, de charbon et de terre poussiéreuse. Parfois Leslie, le petit-fils américain du docteur Morgenstern, venait en France et nous nous amusions avec le micro et avec les messages de mon voisin. Nous avions bien tenté de descendre le micro plus bas, mais nos calculs nous démontrèrent facilement que nous ne pouvions pas réussir à écouter la famille d'un autre médecin qui habitait au premier étage, et dont, pour une raison que je n'ai jamais comprise, mon père m'interdisait de fréquenter les deux fils.

Il y avait eu beaucoup d'événements bizarres, qui nous apparaissaient, à ma sœur et moi, très ordinaires. Petites anecdotes sans intérêt ? Petites délinquances en herbe ? Dissidences qui passaient comme une lettre mise à la boite.

Ma mère me demande d'apporter la clef de sa voiture à mon frère ? J'ai quinze ans, je me mets au volant et je conduis la 4cv sur la route pendant deux kilomètres. Pas de chance, mon frère sort de la maison où il était avec sa bande et me voit. Il raconte tout aux parents, je suis puni !

J'apporte ma petite tente de camping que nous plantons sur la lande, un peu loin de la maison. Nous sommes seuls, ma sœur et moi avec notre frère aîné qui est censé nous garder tant que nos parents ne sont pas arrivés en vacances avec nous. A minuit, nous partons nous coucher, en chaussettes pour ne pas faire de bruit, dehors, dans la tente. Mais le frangin nous a entendu descendre l'escalier, attend que nous sortions, nous voit marcher dans la nuit au bord de la mer, attend que nous fermions la tente, puis surgit en hurlant que nous lui avons fait la peur de sa vie, etc. Il raconte tout aux parents, nous sommes punis.

Ma mère ne veut pas que ma sœur, presque ma jumelle, ait ce pantalon dont elle rêve. Les filles, ça n'en porte pas. Pleurs, petites menaces de gifles. Le soir, la grande amie de ma mère, Josette, arrive pour diner. Une superbe mousse au chocolat clôt le repas plantureux inspiré tout droit de la province où Josette et Mère étaient complices chez les bonnes sœurs. La première cuillère est bonne puis terriblement impossible : la boite de sel y est passée. Ma sœur et moi sommes terriblement punis. Mais ce qui nous restait en tête, c'est notre fou-rire rythmé de grandes pincées jetées de la boite à sel dans la mousse onctueuse.

Une autre fois, ce sont des gnocchis majestueux dans leur sauce blanche qui auront le goût de savon... Une blague selon nous, une horreur selon les adultes qui nous éduquent et qui sont parfois désarçonnés comme s'ils étaient tombés de cheval. Car ce sont nous les chevaux rétifs. Nous sommes punis, encore et encore.

Mon beau-frère roule en Citroën 2cv. Sans avoir l'âge pour le permis, cela fait longtemps que je sais conduire, je ne sais pas comment mais je sais. Cette fois, je ne me hasarde pas à prendre la voiture pour partir, j'ai une meilleure idée : placer de petits cailloux sous les deux capuchons de bougie, les replacer et attendre. La batterie y passe. Le beau-frère est blanc de rage quand il me voit, avec ma sœur, rigoler dans les buissons du petit parc derrière la maison. Il court vers nous, nous nous échappons vers l'étage, nous nous enfermons dans la chambre de ma sœur. Silence. Il déboule. Que va-t-il faire ? Il défonce à coup de barre de fer, une de celles qui ferment les grands volets quand nous partons à

Paris, le panneau central de la porte de la chambre. Il veut nous tuer. Nous ne rions plus, nous pleurons. Je refuse d'avouer *ce que nous avons fait à la voiture*. Nous sommes punis de tout pendant plusieurs jours. Grande suite de bêtises et de malheurs de Sophie, ma mère est *la comtesse née Rostopchine*.

Une superbe montre avec un bracelet en cuir si joli, si poli qu'il reflète presque comme un miroir, dort dans un petit tiroir du secrétaire de ma mère. J'entreprends de vérifier *comment ça marche*. Démontage du bracelet avec une épingle patiemment introduite de chaque côté dans les petits ressorts qui le retiennent, ouverture du boitier rond avec la lame fine d'un petit couteau que j'ai volé il y a longtemps je ne sais plus chez qui, la petite montre est désossée avec une pince à épiler, une pince à timbres, une pince à cautériser empruntée aux instruments chirurgicaux de mon père, la pointe d'une branche de petits ciseaux, une épingle de nourrice, un tire-lacet de ma grand-mère, diverses tiges trouvées dans les tiroirs et dans la cuisine. Les roues dentées s'alignent sur un mouchoir blanc où je les enferme précipitamment quand j'entends du bruit, sans penser que je viens de les mélanger, crime absolu pour ne jamais pouvoir espérer remonter ce mouvement fragile et complexe qui vient de rendre l'âme à cause de moi. Mais une roue échappa sur la moquette, ce qui signa mon forfait, et permit à ma mère d'affirmer que j'étais bien le coupable. Sinon, on n'aurait jamais rien retrouvé et une des bonnes aurait été soupçonnée, comme cela avait été le cas pour un stylo et un briquet. Ma mère eut seulement à dire : « *C'est toi !* », en me désignant. Je me défendis en tentant de mentir avec le plus d'aplomb possible.

Peine perdue. La désignation suprême et incontournable était brandie par celle qui, au lieu de me comprendre et me chérir, insistait sur certains mots poignards : « *Mais, MON PETIT GARÇON, tu es le seul à être suffisamment intelligent pour faire ça, démonter une montre très compliquée !...* » Elle tenait mon *intelligence* dans ses mains, au dessus de ma tête comme si elle avait sorti mon cœur rouge et mouillé de sang de ma poitrine ! Ou mon cerveau dégoulinant... Je ne pouvais pas échapper à cette sentence terrible : l'intelligence comme preuve de culpabilité. Quelle intelligence ? Depuis, j'ai combattu vigoureusement cette notion stupide, uniquement inventée comme disait Laborit *pour justifier des dominances.* Car ce n'était pas moi *le plus intelligent*, c'était bien celle qui me jugeait. Parler de l'intelligence de l'autre, dire qu'il est intelligent, ou pas, c'est se situer au dessus de lui ! Une circonstance identique m'indiqua qui était mon ennemi dans un groupe de travail qui devait m'accueillir. Dans le couloir, non loin de la porte de la salle de commission, j'entendis... « *Notre candidat va arriver... Oh ! Celui-là, attention ! Il est redoutablement intelligent !* » C'était comme si l'on venait de me forcer à courir en m'infligeant un énorme coup de poing dans les poumons. Cette intelligence-là est un fléau, une tare enflammée, une richesse brûlante. Pour la montre, je fus puni et interdit d'entrer seul dans la chambre de mes parents. Car dans cette chambre, il y avait une grande armoire à glaces, fabriquée spécialement sur des plans dessinés par mon père, dont je savais avec certitude quoique ne l'ayant jamais découvert, qu'il y avait quelque part un tiroir ou un réduit secret qui m'aurait révélé bien d'*autres montres*, ces petits mécanismes qui aident les enfants à découvrir leurs parents, du moins quand ils les aiment.

J'étais si seul que je devais m'en remettre uniquement à mon propre jugement pour diriger mes actions quotidiennes. C'est ce dont j'étais le plus convaincu : le sentiment indéfectible de ma solitude totale. Les dimanches, du moins ceux des années passées en famille à Paris, nous allions à la messe dans le quartier latin, en parcourant les petites ruelles de ce centre ancien dévolu aux étudiants, aux touristes et aux vieilles familles. En sortant, les croissants du centre paroissial accompagnaient le café ou le chocolat chaud. Puis c'était Goldenberg, la grande épicerie rue des Rosiers, du haut de mon enfance au ras des barils de cornichons et de pistaches, de semoules et d'épices ! Plus tard, Jo Goldenberg, le patron emblématique, a récupéré le local contigu au magasin pour en faire un restaurant. Les charcuteries sèches étaient délicieuses, goûteuses comme jamais, pas du tout comme chez le boucher catho de la rue de Clichy, qui étalait ses bidoches suspendues à des crocs d'inox. Ce viandeux, je ne l'aimais pas. Hâbleur, il faisait le malin et le joli-cœur devant les bonnes que j'accompagnais aux courses, sa femme rigolait bêtement et gloussait du haut de sa caisse-pupitre en bois tourné.

J'avais rapporté, en le jetant sur la grande table billot, un paquet puant d'une langue de veau enrobée de papier imbibé de grandes tâches de sang. « Cette langue ne me semble pas consommable, non? » J'avais treize ans et j'avais insisté pour y retourner seul, ce que ma mère accepta. Le boucher, bien entendu gros dans ma mémoire, a commencé à rire avec la cliente qu'il servait. Mais beaucoup moins quand il a vu que le petit bonhomme insolent, résolu, ne riait pas du tout. Je ne regardai pas sa femme la caissière dont je sentais les yeux réprobateurs tenter de me recouvrir, de me faire renoncer, de me faire taire.

– Quoi, mon gars?!...

Et de s'approcher, d'ouvrir le papier sanguinolent, approcher le nez et très vite repousser la chose, l'emporter derrière je ne sais où...

– Bon, ben on va t'en donner une autre...

Sur un ton léger, comme si de rien n'était. La patronne s'occupait de faire payer la cliente et lui parlait à fort haute voix, pour la détourner de la scène. Le gros revint avec une langue d'une toute autre couleur, bien fraîche celle-là et me l'enveloppa vivement avec une grosse botte de persil.

– Voilà mon p'tit gars, tu ramènes ça chez ta maman !

Pour me dire de partir. Je me jurais de ne plus jamais rien lui acheter et de décider ma mère à en faire autant mais il était le seul boucher du quartier, chevalin de surcroît, car il était autorisé à l'époque de vendre du bœuf et du cheval dans la même boucherie. Et ma mère adorait nous faire des steaks de cheval, si bons "pour la santé".

Le mensonge est vilain, mais il aide à vivre. Il donne une certaine puissance dans la solitude. Le malheur, c'est comme le fumier, faut l'étaler dans le champ, l'épandre pour qu'il s'évapore le plus possible, pour qu'il sente le moins mauvais, faut pas le cacher ni le renfermer, il s'active et sa putréfaction produit des explosions mortelles, en pleine vie, dont on ne meurt même pas, mais qui vous laissent affreusement blessé. Il faut étaler le malheur et mentir sur la force qu'il aurait sur vous, il faut l'abaisser, comme une pâte brisée à l'aide d'un rouleau à pâtisserie des familles, le dissoudre avec la pluie, avec les pleurs dont le sel empêche tout levain de lever ! Une enfance malheureuse est donc pétrie de mensonges salutaires et salvateurs, car le malheur, ça se roule aussi dans les doigts, comme des crottes de nez envahissantes que l'on assèche en petites boules. Il suffit ensuite de les shooter du doigt comme des billes insignifiantes, et de se lancer en croupe du cheval lancé au galop qui n'a plus de bride. Et on ne sait pas, on ne veut pas savoir où il vous entraîne. Je ressentais ces choses si fortement, je vivais ces douleurs si intensément, je me savais relié au monde entier des souffrants et des mourants, ceux et celles qui pensent sans cesse à la mort, au passage vain et futile de leur vie. Je cherchais les mécanismes à démonter, mais j'étais déjà en morceaux, c'est évident. Personne n'aurait rien pu pour moi. Je parlais et j'agissais en masquant ces fêlures et ces crevasses, et cela devait me donner cette force que l'on interprétait, autour de moi, comme une intelligence, alors qu'il ne s'agissait que de l'épandage de mon malheur dilué dans des performances quotidiennes pour survivre. Ma folie était déjà telle que je donnais le change, je parvenais à mettre en scène des erreurs que j'aurais pu éviter, simplement pour ne pas trop exacerber les jalousies de mes proches. Ma folie était si tenace que j'ajoutais à mes vrais manquements de fausses chutes. Je ne savais pas encore que la séduction fabriquait plus de mépris de la part des autres que d'amour. Tout ce qui est intime est ridicule à raconter. C'est pourquoi l'enfant était silencieux, comme si de rien n'était. Et il passait dans les couloirs de l'appartement, dans les pièces à moquette grise et tapis persans, dans les salles des classes désertées et consacrées aux élèves collés, dans les églises odoriférantes et chaudes pendant les messes, froides tout le temps, dans les salons proprets des vieilles amies de ses parents, dans les yeux des curés qui se goinfraient le dimanche soir, il passait sans bruit, juste une trace solitaire et tenace qui le maintenait quand même en équilibre. J'avais ma dose dans la poche, de ces petits flacons refermables qui ne sont ni gros ni petits, et que l'on peut emplir de cachets de couleurs. Les miens étaient comme des champignons vénéneux, beaux. Et je savais qu'ils avaient le pouvoir de l'apaisement profond, d'une sorte de mirage de paix qui se confondait dans mes délires avec la religion, aimé de Dieu, avec Dieu, Emmanuel. Ma douce mère à l'esprit acéré ne s'est-elle pas endormie en traversant les affres de l'enfer sur terre : elle voyait des diables, elle était le diable lui-même, me disant bien que ce n'était plus elle qui me parlait mais le diable, par sa bouche cartonnée d'avoir refusé de boire depuis trois jours. Chaleur que je ne connais plus, mais je m'en doute, du mort qui vient de mourir, comme lorsqu'elle est partie – mais elle était déjà froide bien avant !– Et d'un coup, se réchauffant comme pour me parler, à moi, en liaison physique avec un autre, peu importe qui, là, devant elle qui refuse qu'on la touche, elle se lève à moitié dans son lit et elle me dit, les yeux très grands ouverts :

– Je ne suis plus là… C'est le diable qui te parle, qui a pris mon corps… Je suis morte, je suis partie, je ne

suis plus là… Ah !... Ce spectacle affreux… Non !...
Je ne peux pas voir ça… Ces monstres… Ah !...
J'ai si chaud, moi, je suis embrumé de vapeur sur
mes lunettes, j'étoufferais presque, à ce feu. Mais la
vieille femme se replaque le dos sur l'oreiller, elle
renonce. Revient-elle ? Oui, elle se rebelle toute
entière contre sa mort, la dislocation attendue et
pensée, mais toujours refusée –absurde, impossible–
, je suis déjà morte… Je n'ai plus à mourir, c'est cela
le rêve. Et un mort qui parle est un monstre revenu
de l'au-delà. Elle avait décidé de ne plus s'alimenter,
elle glissait comme disent les médecins, elle glissait si
bien sur ses fantasmes de petite fille, elle ne buvait
plus. Et moi, le bel enfant de chœur à robe rouge
comme le sang et l'Amour, à chasuble blanche
bordée de dentelle fine, je venais la sauver de cette
chute vers l'ange porteur de lumière, Lucifer, dont
elle se croyait affublée. Alors elle finit par venir, la
mort qu'elle avait tant désirée toute sa vie sans
jamais se la donner car ç'eut été *péché mortel*. Un acte
qui vous enlève la vie au-delà, celle qui vous est
promise après la mort : ce péché, se donner la mort,
était l'assurance de ne plus jamais vivre, de ne jamais
ressusciter, de s'abîmer à jamais. Elle vivait de l'idée
de pouvoir se donner la mort sans se la donner, et
cette aberration était en train de me gagner, à douze
ou treize ans. Plus tard, je sus que si j'avais quelques
difficultés à respirer, ce qui était plus une question
d'expiration, bien sûr, que d'inspiration, c'est
évident, si on me déclara asthmatique, allergique, et
plein d'autres choses encore, c'est parce que, lors de
ma naissance, ma mère aurait souhaité que je me
noyasse à l'intérieur d'elle, et ne puisse ainsi jamais
sortir au monde extérieur. Elle m'aurait gardé pour

elle, trouble sensation qu'elle vécut pour chacun de ses accouchements, refus de laisser partir l'être nouveau, fruit de ses entrailles. Allez ensuite vivre — et respirer– avec ce poison badigeonné sur votre peau ! Il valait mieux en finir, pensai-je, et c'est pourquoi le moment propice, silencieux, tranquille et sans douleur serait celui où je sortirai mon petit flacon de ma poche de pantalon de velours pour en avaler sans difficulté et avec joie, tout le contenu coloré, vernissé, suave.

En attendant ce moment tranquille, je me suis activé, beaucoup. Tout m'intéressait. Absolument tout est intéressant. La seule cause d'ennui ou de désoeuvrement, parfois, n'a été que moi-même. Mais le paysage a toujours été passionnant, objets, humains qui passent, sensations, chaleurs et vents frais, végétaux, musique et silences, mouvements. Tout est formidablement inconnu, même si on y touche ou qu'on y goûte, la surface du monde reste impénétrable. Il y faut du temps et de l'envie. Il faut donner de soi. Et cet ami-là, Jacky, me semblait si éloigné de moi... Il m'intriguait, il téléphonait pour du cacao… ! Invraisemblable, passer des heures par jour à téléphoner pour acheter et vendre du cacao ! Et il était pilote privé, et allait voler dans un club à Guyancourt, un des plus vieux aérodromes du monde, un petit terrain avec une piste en herbe tondue par les moutons. Un samedi d'octobre bien gris, j'y allai. Il me fit monter dans un petit avion de tourisme en métal laqué blanc, un Rallye fabriqué par la Socata, une société aéronautique française. Des noms bizarres, un peu surannés, aux odeurs d'huile de hangar et de temps frais à mettre un bon blouson chaud. Le ciel était bas, comme on dit, pour dire que les nuages étaient proches du sol. Des stratus, à ce qu'il paraît. Une couche soudée de stratus. On ne dit pas des strati, on ne conjugue pas. Qui passaient au ras de la bulle en plexiglas au dessus de ma tête. Deux ailes toutes droites, comme étirées et ankylosées de chaque côté de la carlingue. Des morceaux de ferrailles qui allaient et venaient vers l'avant et l'arrière, qui se baissent ou se lèvent, et l'avion s'incline, vire, descend. Je n'y comprends pas grand chose, sauf que nous sommes dans les trois dimensions d'un espace que je ne connais pas, j'ai pour habitude de marcher à plat, en regardant la référence utile à me garder droit. Il me dit de prendre le manche. C'est un morceau de métal aussi, on dit manche à balais, mais là, c'est une sorte de volant coupé, en bakélite noire, ou quelque chose comme ça. Ca bouge un peu trop pour moi, je ne sais pas si j'ai mal au cœur ou si c'est seulement une crainte d'avoir le mal de mer. Non, ça bouge vraiment, dans tous les sens. Jacky me dit que ce n'est pas une vraie bonne journée pour un baptême de l'air. Car c'est la première fois, même si j'ai souvent pris l'avion pour me trimbaler d'un côté à l'autre de la planète. Un petit avion, c'est un baquet en l'air, c'est vraiment petit. On descend, on finit par voir la piste après plusieurs virages toujours dans le même sens. On descend et on va toucher, mais le nez avec l'hélice remonte un peu, la vitesse diminue. Pouf ! ça touche par terre, ça roule, ça vroume bizarrement, des bruits que je ne connais pas. Et puissance, à fond, ronron, hop, en l'air de nouveau avant d'atteindre le bout de la piste.

– C'est un touch and go », me dit-il, « tu vois, piloter c'est facile, et c'est le pied !

– Oui, j'apprendrais bien, mais…

– Pas de mais… C'est tout à fait possible !

Il m'interrompt, je suis foutu, encore un truc qui m'intéresse, que je vais devoir faire, non, que je vais décider de faire, enfin peut-être, car ça coûte aussi, non ?

– Non, mais tu rigoles ?!... Le club est un des moins chers de la région parisienne ! Que des petits coucous qu'on répare nous même avec Morineau, le chef pilote, qui s'y connaît ! Et puis on vend, on rachète de l'occase… Les gars sont motivés pour venir voler, y a du monde qui paye, y a pas de problème ! Combien ? Je te montrerai ça tout à l'heure… Ah ! Merde, j'ai oublié les volets, faut pas que j'oublie…

Et il trifouille un bouton plat au tableau de bord, et des lames de métal se déploient, comme en se pliant, vers l'arrière, de plus en plus, presque à l'équerre, ça freine, je le sens bien.

– Non ! Ce ne sont pas des freins mais des volets hypersustentateurs… Pour sustenter !... Pour permettre au piège de voler aussi bien moins vite…

– Et devant ? Ca sort aussi, mais c'est pas toi… Ca rentre aussi… ?

– Oui ce sont des becs. Seulement sur ces avions, pas sur d'autres, c'est pour pardonner les conneries, ça sort pour ajouter de la portance, sustenter quoi… Ouais, ça pardonne pas mal de choses…

Ouf ! Je réalise qu'à plusieurs reprises et à chaque exercice de touch and go, les becs sont sortis et rentrés furieusement… Conneries… Pardonner…?

Je suis descendu, les jambes flageolantes, la grosse carcasse affalée sur l'herbe semblait devenue bien lourde. On s'est renseignés, on m'a donné les papiers à remplir, on m'a écrit les noms des médecins assermentés, on m'a expliqué la feuille des tarifs.

— Tu réfléchis... Et la prochaine fois tu me dis... » Morineau me plante ses yeux dans les miens.

— C'est tout réfléchi ! C'est d'accord !

Il est vrai que je connais depuis des années des ingénieurs qui intègrent des simulateurs d'avion, que je connais ce monde fait d'une mixture kérosénée de rêves et de techniques.

Morineau sourit et remplit ma carte de stagiaire en me demandant de rapporter deux photos d'identité. Je les sors de ma pochette, comme j'en avais une à l'époque pour mettre tout mon bordel de clés, de papiers et de petits schmilblicks, tournevis, couteau, mètre en tissus... Il sourit toujours et me répond en me tendant le bouquin de l'avion. Notice technique de vol, avec les checks-lists et les abaques à analyser, consommations, altitudes et réglages.

— Tu oublies pas de le rapporter demain. Normalement, ça ne quitte pas l'armoire dans ce bureau.

Le dimanche matin, enfiévré et endiablé, je fus au terrain à huit heures, beaucoup trop tôt, hangar fermé, poireauté jusqu'à neuf heures moins dix. De toutes façons, y avait de la brume.

— On attend que ça se lève !

Morineau sourit toujours un peu, il est déjà rouge à cette heure-ci, ça doit être son teint. Il a des petits yeux chafouins, il est marrant. Il me dit :

— Bon, ben, vas-y, tu vas chercher la béquille de l'avion.

J'avais déjà compris, la veille, avec Jacky que j'avais aidé à rentrer un ou deux avions. On a fait le tour de

la carlingue, il m'a demandé ce que j'avais lu. Tout ?
Mais ce tout était reparti puisque je ne le comprenais
pas encore. On est montés dans la carlingue. Moi à
gauche ? C'est la place du pilote !? Non, dès le
premier vol, le stagiaire se met *en place pilote*, son
moniteur à droite. Vol d'accoutumance et de
découverte. Il fait un peu plus clair et calme qu'hier.
Les stratus se sont effilochés et se mélangent dans le
ciel avec des cumulus, belles petites pommes plus ou
moins claires qui s'entourent de bleu léger. Mignon
vent frais, dans l'axe de la piste, tant mieux, la
manche à air rouge et blanche est à peine
mouvementée. Ça démarre, je n'ai rien fait, clés,
pieds, manche, tout ça va vite, c'est comme un
pianiste. Morineau a des bras courts et des mains
efficaces, les yeux balayent les cadrans, aiguilles sur
des régions de couleurs, vert, blanc, rouge, jaune…
Ça roule sur l'asphalte, pardon le tarmac, nous
sommes sur le taxiway, parallèle à la piste. En fait, il
y en a deux, l'herbe et une piste *en dur* un peu plus
loin. Sept cent cinquante mètres de long. C'est pas
pour les Boeing, ça. Quart de tour à droite, au bout.
Stop. Accélération, freins serrés, clés, tout un bazar
de trucs à faire dans tous les sens, boutons, volets,
pompe, lumières, je ne suis pas. Radio, pour
alignement et décollage. On accélère et on avance.
Entrée sur la piste, quart de tour à droite, devant
c'est le ruban libre, au fond, le ciel ouvert. Rien. Il
me dit :
– Mets ta main sur le manche et sur la manette des
gaz, et si tu sens que tu te crispes, lâche tout, c'est
pour te faire sentir ce que je fais, mais si tu te
crispes, hein, tu lâches ! Suis mes mouvements…

Quelle chance, ces nouvelles sensations, si proches de la volupté qu'offrent d'autres moments. J'ai piloté pendant plus de vingt ans. Je ne suis pas pilote, j'ai joué à être pilote. Un pilote, c'est un monsieur ou une dame qui fait son métier dans le pilotage, qui le fait par tous les temps pour emporter des gens ou des marchandises ou pour faire des concours de voltige, ou pour faire la guerre, ou pour devenir cosmonaute. Et surtout, jouer à être pilote, c'est partager ce privilège de sentir ce que c'est que s'élever au dessus du sol, ce que des millions d'êtres humains n'auront jamais ressenti. Stupide ? Comme tout ce qui est inutile. Fantastique et passionnant, comme tout ce qui vous place face à vous-même. Décoller, atterrir, les deux moments de plaisir intense et concentré. Comprendre une machine qui vous enserre, qui vous comprend dans son ventre, dont on est prisonnier jusqu'à ce qu'elle redevienne ce tas de matière inerte abattue sur le sol. Un bateau aussi sur la mer, mais parfois, on peut s'en sortir, avec un canot. Un avion, non, l'argot dit piège, c'est vrai. Je domine le taxi dont je suis le chauffeur, non pour dominer mais pour me dominer quand je suis l'objet d'un objet, d'une machine qui me contient. La sanction serait ultime, puisqu'il est rare d'en réchapper, quand on ne fait pas ce qu'il faut ou que l'outil se casse, ce qui est vraiment rare. Un jeune garçon qui avait regardé très souvent des pilotes décoller, monte un jour dans *un piège* stationné là avec sa clef au tableau de bord et part avec. C'est une faute de ne pas retirer la clef de la commande d'alternateur en quittant l'avion. Ce fut aussi sa dernière joie pour ce garçon. Décoller, et même piloter sans trop savoir, ce n'est pas si difficile, mais atterrir, c'est impossible. Cette affaire-là, pour la comprendre, me prit bien du temps, de longs mois, et des leçons avec des pédagogues tranquilles. Pilote d'essai qui venait à Guyancourt pour donner des leçons bénévolement à des stagiaires comme moi, et qui avait tout connu lors de vols difficiles sur des machines qui volaient pour la première fois, avec lui seul à bord, Buisson me disait :

– Regarde, c'est facile... Ne fais rien... Lâche le manche, lâche, je te dis... Voilà... Tu vois, ça descend tout seul... Voilà...

Et il me semblait bien qu'il ne faisait rien, ni avec ses mains ni avec ses pieds. L'avion, réglé comme il fallait, ça s'apprend, descendait doucement vers le seuil de piste.

– Regarde, c'est facile... Ne te crispe pas comme ça, prends le manche avec deux doigts, voilà... Hop ! Et maintenant, on n'a plus qu'à soulager... Un tout petit peu...

Et l'avion se pose, comme un baiser sur une joue, *kiss-landing* paraît-il, tu parles, ça pèse quand même deux tonnes ! Soulager ? Ca veut dire tirer, non, pas tirer, penser à tirer le manche deux ou trois millimètres sur ton ventre, davantage une idée qu'un mouvement. Oui, c'est comme ça que ça va bien, mais c'est incompréhensible et impossible à expliquer. Ce qui se passe ne pénètre pas non plus par le corps, mais par l'intention, par la connaissance profonde de l'intention de quelque chose qui doit se faire et qui, donc, se fait. Comme vouloir rêver fait rêver.

Bon baratin de pilote chevronné qui se moque un peu de soi quand même. C'est facile à dire de dire que c'est facile ! Ce n'est pas facile du tout. Et le jeune garçon qui est parti seul sans être pilote n'a jamais pu se poser, même guidé depuis la radio de la tour de contrôle par un pilote qui était venu l'aider, dans le désespoir d'agir à distance sur les millimètres. L'avion s'est cassé, le garçon est mort dans l'accident. J'y songeais quand j'ai eu la chance d'être invité par mes copains ingénieurs sur les simulateurs de la Thomson. Un Jaguar, puis un Boeing 737, à Delhi, à Orly. De nuit, tout est si réel, on mouille sa chemise. Plus que par hasard, debout sur les freins, j'ai posé le 737 une seule fois après une nuit entière passée aux commandes du superbe jouet. Sinon, à chaque tentative d'approche de la piste éclairée, j'allais au tapis. J'ai explosé cent fois. Sur le simu, c'est un fondu au noir, un brusque blocage des mouvements.

J'ai donc su, un jour, atterrir. Morineau m'avait dit, depuis déjà plusieurs mois qu'il fallait que je me perfectionne avec Violet, un vieux, très vieux moniteur, si vieux qu'il était un des tenants de la méthode française d'apprentissage du pilotage, dans les années 1930. Je fis donc des *touch-and-go* avec Violet, très calme et décontracté.

— Bon, tout ça, ça va, oui tout ça me paraît très très bien.

Je me dis que je n'en avais plus pour longtemps à être proposé pour le Brevet.

— Bon, nous allons avoir quelques leçons encore ensemble, *cette année.*

Ah ! Coup de poignard dans ma petite cervelle qui pensait que les manuels lus et relus suffisaient, j'avais passé sans difficulté l'examen théorique à Orly. Et j'ai volé de nombreux samedis encore avec Violet. L'année suivante, un samedi de juin, vers cinq heures, je me pose. Il souhaitait que le perfectionnement ait lieu sur des avions en bois et toile, des Jodel, et pas des Rallye *qui pardonnent tout*. Il y avait une autre différence majeure : le Rallye est moderne, il a trois roues dont celle de devant sous le moteur sert de direction, comme une auto. Avec deux roues sous les ailes, le petit Jodel est posé sur sa queue avec une minuscule roulette au bout du fuselage, ce qui met l'avion le nez en l'air, le cul par terre. Il est difficile de le diriger au sol car il faut réaliser des virages uniquement en orientant la partie mobile de la dérive arrière, ce morceau dressé vers le ciel qui tourne à droite et à gauche, en s'aidant du souffle de l'hélice. Quand le vent envoie des rafales qui contredisent la force du vent produite par les coups d'accélérateur, l'avion peut s'embarquer dans une toute autre direction que celle que vous souhaitez. Il s'oriente d'un seul coup, comme une girouette, face au vent ! Ce samedi en fin d'après-midi, l'air était terriblement calme, une grande chance que le chef pilote de l'aéroclub des Cheminots, Pierre Violet, choisit de saisir pour moi. Il me dit :

– Allez, cette fois-ci on fait un complet.

Ce qui signifiait qu'après plusieurs tours de piste, décollage, circuit autour du terrain, atterrissage, redécollage immédiat, et ainsi de suite, je devais poser l'avion et l'amener en bout de piste pour sortir vers le taxiway.

– Tu freineras juste après avoir dégagé l'axe.

J'atterris, je vais jusqu'au bout de la piste, je vire à gauche, ralentis, freine un peu, l'avion s'arrête doucement de rouler.

— N'arrête pas le moulin ! Je vais sortir, tu tiens bien la verrière, et tu repars pour un tour de piste…

— Euh… Tu veux dire que c'est… *maintenant* ?

— Oui, si tu veux…

— D'accord, d'accord, puisque...

— Tu attends que j'arrive à la tour, et nous causons à la radio. Tu en profites pour remonter au point d'attente. N'oublie pas de l'annoncer à la tour…

Violet sort de l'avion, je suis anesthésié.

Je me retrouve seul avec le bruit qui a tout d'un coup fortement augmenté. C'est qu'un énorme silence vibrant règne dans ce petit espace qui sent le cuir, le carton, le métal, l'huile. Je saisis la tige terminée par une boule de bakélite noire, la manette des gaz, que j'enfonce doucement d'un demi-centimètre avec mon index comme butoir. Ça bouge dans le creux de ma main, mon doigt pousse le métal froid. Ça accélère, ça commence à s'ébranler tout doucement. Ça roule vers le départ de la piste, au bout du taxiway. Personne d'autre que moi. Présent absent, je m'aperçois que j'ai commencé à rouler sans le dire à la tour !

— Novembre Kilo, je roule pour le point d'attente.

— Bien compris, Novembre Kilo, rappelez point d'attente.

Novembre Kilo, c'est le nom de mon piège, les deux dernières lettres de son immatriculation, NK. C'est joli, graphisme tout noir sur le tissus peint en blanc.

— Bon, ça roule ! débute Violet qui a pris le micro.

— Affirmatif, Novembre Kilo.

— Novembre Kilo, pas d'essais moteur, autorisé à vous aligner sur la 24, rappelez prêt à décoller.

— Rappellerai prêt à décoller, Novembre Kilo.

Ensuite, tout va vite. Autorisation de décollage, plein gaz, j'ai poussé avec mon creux de paume sur la boule, ça roule, ça roule, ça s'allège, je tire un tout petit peu, si peu, sur le manche, et hop, ça ne roule plus, ça vole. Je maintiens mon manche là où il est, je maintiens la machine au ras du sol comme il faut le faire pour que la vitesse augmente. Je le pousse imperceptiblement vers l'avant, peut-être un millimètre ! Le piège à plat, 100 km/h au Badin, un petit coup de manche vers l'arrière et hop, ça grimpe si vite, si vite ! C'est un avion simple, pas de manettes, de pompes, de trucs à rentrer ou à sortir, juste des volets mécaniques au bout d'un grand manche entre les sièges. Ça grimpe trop vite, c'est vrai que je suis seul maintenant, *pour la première fois*. Je fais tout comme d'habitude, Violet ne dit rien, c'est moi qui annonce où je suis, comme il se doit :

– Guyancourt de Novembre Kilo ?

– Novembre Kilo ?

– Début de vent arrière, Novembre Kilo.

– Novembre Kilo, rappelez étape de base.

– Rappellerai étape de base, Novembre Kilo.

L'avion vole à mille pieds du sol, je dois descendre au prochain virage pour me retrouver face à la piste à cinq cent pieds, une subtile courbe descendante, surveillance étroite de la vitesse, seule garantie de la vie. Tant que la bonne vitesse est assurée, ça vole, quelles que soient les circonstances, et un avion ça plane toujours très bien, et très longtemps. Je suis fier de *me sustenter*, d'être sustenté, ça plane, la vie elle-même en sorte, enfin ! Je rigole tout seul : quelle économie en séances de psychanalyse !...

Il s'est passé moins de treize minutes entre mon Violet qui me quitte et l'instant où les roues touchent de nouveau l'herbe de ce beau vieux terrain qui a connu les débuts de l'aviation. J'entends des applaudissements nasillards dans mon casque. Maintenant il va falloir devenir pilote. Ce sera deux grandes années de perfectionnement avant de passer le brevet et l'autorisation d'emmener quelqu'un avec moi à bord. Ce qui est inscrit dans ce moment où on est *lâché* comme dit le manuel de pilotage, c'est une nouvelle connaissance de soi, cette profonde sensation d'être le sujet de l'acte, le sujet du verbe, le père de son père, enfin ! Avec ce truc balourd entre les pattes, qu'il faut cependant manier avec une grande délicatesse et doigté, la vie, la vie elle-même, vous dis-je !

Justement. Justement, j'avais tenté un autre. Je veux dire j'en avais tenté un autre, de père. Ou de frère. Ou peut-être d'ami, d'étranger bienveillant qui vous écoute parce que vous êtes un génie. J'avais tenté de me faire entendre. J'avais tenté d'exister. Jacques Hassoun fut mon psychanalyste. Car ce fut plus que nécessaire, pour arrêter de tourner la petite fiole dans ma main quand je l'avais dans ma poche. Et le bon docteur, non, le bon homme, le silencieux malicieux, le pipeux qui fumait pendant que je parlais, ou pendant que je me taisais parfois des séances entières, ce très bon, très intéressant et très utile accoudoir, oreiller, soutien, cactus, questionneur, idiot, énervant et subtil bon homme, m'a aidé à réengendrer ma vie. Il était, *bien entendu –* ou *mal–* supposé tout savoir, et en tout cas tout comprendre de ce que je baragouinais. Très vite, ou du moins après quelques semaines passées assis dans sa bergère à haute tête, la même que celles que j'eus chez moi pendant des années, je partis vers le divan, mythe grandiose auquel j'avais droit. Non que je m'étais particulièrement préparé, non, mais je savais, notamment par des photos du cabinet de Sigmund, que c'était ainsi que cela pouvait se passer, et m'aider à y voir quelque chose. Car ma vie était furieuse, emplie, trouble car vivante, et saumâtre, difficile, incommunicable, comme si je n'avais jamais le temps de parler à quiconque, comme s'il y avait du temps pour tout sauf pour parler tranquillement, sauf pour être moi-même, sortir un peu pour toucher un lien humain, le doigt sur une petite ficelle sympathique, fragile mais réelle qui aurait pu me relier à l'autre, au moins quelques instants. Jacques Hassoun était en haut d'un escalier qui me paraissait *de service* parce que je n'avais vécu que dans des grandes maisons haussmanniennes et pas leurs bâtiments dans la cour, qui ont d'étroits escaliers sans tapis et sans ascenseur. Quel *service* ! Qui disait que lorsqu'on le monte cet escalier, on sait déjà tout, juste avant de sonner à la porte ? Facile à dire, et en fait très insuffisant pour pouvoir vivre, car on ne sait rien *dire*, on ne veut rien se dire, ni rien entendre de soi, à force de ne s'occuper que de cela. Le mélancolique n'est-il pas avant tout mélancolique de s'être perdu lui-même ? La psychanalyse, contrairement là aussi à ce qui s'en trimbale, n'a pas été une plongée directe en moi-même, exercice si familier que je n'en avais nul besoin ni envie. Non, ce fut une plongée dans tous les autres, toutes les ombres et les misères des autres, tous ceux et celles qui peuplèrent ma vie, mon enfance, mon adolescence, et qui préparait sans nul doute pour moi ce qui vint après. La psychanalyse, ma psychanalyse ce n'est pas un secret, ce n'est qu'un vécu de quelques années qui passèrent sans apparent encombre, sans violences visibles, juste de brusques arrêts sur image. J'ai compris quelque chose que je me suis représenté, présenté à moi-même, tant compris et digéré que je ne sais plus ce que c'est. Mais je sais que c'était fondamental de me le dire au moins cette fois-là, souvent à la suite de Hassoun qui avait lancé quelques mots, pas souvent en rapport avec mes récits ou avec mes silences, allongé sur son canapé. Un superbe travail a été fait. Payer n'était rien, moi qui n'avais pas tant de *moyens*! Le prix qu'on s'accorde à soi-même, oui, c'est cela. C'est si difficile de l'accepter quand on croit n'en avoir aucun, ou au contraire tant, qu'un tel prix ne peut pas être payé. Et puis cela n'avait pas d'importance, n'avait plus aucune importance. Je n'aurais raté ce moment sous aucun prétexte, même s'il m'est arrivé de ne pas y aller et de payer la séance loupée qui arrivait comme un train au bout de ses propres rails, en gare. Puis je m'en suis passé, sans doute, comme toujours, trop tôt. Et quand je me suis enquis d'y aller redire un petit bonjour, plaisir suprême, Jacques Hassoun était décédé, sans bruit. Il a laissé une oeuvre, et beaucoup de bonheur reconquis sur l'étouffement de l'enfant que j'ai été. Ensuite, j'ai su exactement ce que j'aurais eu à lui dire, car je me l'étais dit. Je voulais réentendre son écoute, la mienne qui serait repassée par la voûte silencieuse, courbée, et la chambre d'écho qui la prolonge vers les portes fermées. On sait tout, au moment d'appuyer sur la sonnette, cela fut vrai juste avant le dernier coup que je n'ai pas pu donner puisqu'il n'habitait plus là. Un peu comme Violet qui me laissa au bout de la piste, sur le taxiway. La porte s'ouvre toute seule, suffit de la tenir, la fermer, rouler droit devant pour décoller.

Le plus mystérieux, mais qui ne le fut plus du tout quand le grand Œdipe vint me border dans mon lit —et je vous jure qu'il s'est pris ce soir-là un de ces coups de tête qui vous assomme !— le plus incompréhensible était qu'entre ma sortie du teen-age et l'âge adulte que j'ai atteint à mes trente-neuf ans, je n'ai plu à des femmes, je n'ai rencontré que des femmes avec un enfant, une petite fille. Et, ce printemps-là, exit la mère et la fille, je me suis accepté seul et du sexe masculin, et j'ai pu alors commencer à aimer. C'est-à-dire à être bien distinct de l'Autre qui n'était plus ni sœur, ni amie de, ni femme à barbe, ni femme de, ni celle qui-me-dit-qu'elle-ne-peut-vivre-sans-moi, ni pur esprit. J'ai aimé une femme qui m'a laissé vivre. Une femme seule, disponible, jeune partout, magnifique. Je la connaissais depuis un rêve que j'avais fait juste au sortir de l'hiver, juste avant le printemps, où je voyais du haut de mes vingt ans une petite fille brunette de trois ans, cela était précis, et je me disais *si ça se trouve dans quelques années elle sera avec toi*, elle est née pour toi, c'est elle avec qui tu vivras quand elle aura ton âge. C'est exactement cela qui s'est produit. Et qui fut le bonheur, rien de stupide, composer une partition et s'associant, ce qui donne un troisième être, une fille comme un soleil. Ma solitude entretemps et mon amour de l'humanité, dont je n'avais aucune crainte contrairement à tant de mes contemporains, avait fait que j'avais voulu adopter des enfants, mes enfants, dont la seule particularité était que j'ai su très vite que je les mettrai au monde seul, sans partager cette route avec une mère pour eux. La mise au monde d'enfant, ce n'est pas toujours un papa et une maman. Cette découverte, car c'en est une pour un jeune homme sans guerre, fut douloureuse pour moi, si éclatante surtout. Papa-maman peut être n'importe qui du moment qu'il y a l'Amour indéfectible. Ne jamais lâcher un millimètre d'amour, ne jamais laisser la distance diabolique s'immiscer en doutes ou en douleurs. Ce qui me permit d'accepter d'être géniteur aussi, ce qui me semblait jusque là beaucoup moins naturel que d'adopter des enfants abandonnés. Je dois dire qu'à trente ans, l'idée même de faire des enfants me dégoûtait face aux milliers d'enfants sans Amour, même si, dans l'institution, ils s'en trouvent certainement parfois à la marge du laissé-pour-compte. Adopter m'a confirmé que j'étais humain, capable de construire l'Humanité aussi en moi, de permettre la suite puisque j'avais commencé à exister vraiment. Et du coup, m'adopter moi-même. Bien des parents qui génèrent n'adoptent jamais leurs propres enfants, ils ne s'acceptent pas eux-mêmes, ils ne font jamais rien de la question posée sans réponse possible.

La Vierge Marie m'était apparue un jeudi 8 décembre, souvenir tendre qui m'habita des années, je ressentais quand j'entrais dans les églises le froid des pierres muettes, le glacial des colonnes dressées qui repoussait le halo de chaleur que je dégageais. Qui parfois s'additionnait avec la vague descendue en ondulant des chauffages à résistance incandescente qui planaient au dessus de nos têtes dans la nef. Chaud et froid en même temps, tout ce que je détestais et qui ajoutait à ma difficulté permanente de respirer à fond. La température était comme les bruits, en échos discordants et chuintements glissant sur les dalles, sur le bois verni des prie-Dieu. Solitude peut-elle être plus grande qu'en ces circonstances ? *Eli, Eli, Lama Sabachtani !* Pourquoi m'as-tu abandonné ? Je pleurais en écoutant Saint-Matthieu et Saint-Jean, mes compagnons de musique sublime, Jean-Sébastien Bach, je ne pouvais résister à pleurer à chaudes et bonnes abondantes larmes tant ces toboggans allemands et ces montagnes russes étaient beaux à s'y abandonner ! Les passions de Bach m'ont toujours arraché les entrailles, vidant mon ventre pour emplir mes veines et mes poumons, tant j'étais assoiffé de beauté. *Ich Habe Genug*, dit la cantate. Tous les midis, sur France-Musique, André Francis diffusait. Les deux cents cantates de Bach. Lorsque j'eus l'âge, j'enregistrai souvent sur de grandes galettes grises de mon REVOX ces chefs-d'œuvre que je repassais sans cesse, jour et nuit. C'est sans doute la voix baroque, la voix religieuse, la femme qui chante qui me firent aimer l'opéra. Pour mon père, ce n'était que Castafiore, caricature aisée et énervante, pas même drôle –je n'étais pas rigolo et ne voulait pas rire de cela car non conforme à mon idée sublimée de la femme–, *la grosse dame qui s'est coincé les orteils dans la porte*, comme il disait en ricanant. Pour mon père, une cantatrice n'était qu'une très grosse dame gueulante, Jean Cocteau, un pédé et la psychologie freudienne, une imposture sectaire de médecin raté. Mon père était un excellent chirurgien. Et un père.

Quand nous allions au concert à Saint-Séverin, il y avait cette sensation de froid des piliers flamboyants, de chaleur des êtres rassemblés et de ces petits chauffages à résistance rougeoyante attachés un peu haut sur les côtés des ogives. La sacristie que je connaissais bien pour m'y habiller d'aubes *modernes* bien blanches et empesées, sentait toujours l'encens, comme un parfum personnel qui aurait appartenu au Grand Invisible.

Je ne ressentais nul besoin de me battre sans cesse, ni pour avoir raison, ni pour comprendre l'incompréhensible, ni pour conquérir je ne sais quel petit cul comme disaient mes copains, ni pour avoir la dernière bonne référence de librairie pour intégrer Normale Sup. J'ai laissé tout cela de côté. J'ai photographié, filmé, passé mon temps dans les petits théâtres, au cinéma, Godard, Bresson, Resnais, Pasolini et d'autres, je détestais aussi mes potes des Cahiers, de tous les cahiers, du ciné comme des Lettres Nouvelles, tous les embrigadements, tous les cafés à bière ou à pinard, tous les paradis artificiels, toutes les dépendances. Trop fier, je vous dis, trop paumé, très seul et assez capable de l'être. Un restaurant à la Mouffe ou aux Halles, avec une chanteuse qui me demandait à dormir chez moi, je passais pour un tombeur, si loin de ce que j'étais. Mes amis proches, souvent plus âgés que moi, n'ont jamais rien su de ce que je pensais vraiment. Je ne les ai jamais accompagné *chez les putes* comme ils disaient. Pour moi, la misère avait atteint sa limite, déjà dans le langage, insupportable. Et je n'avais aucunement envie d'être conforme ni socialisé davantage. Mais cela attirait aussi les femmes seules avec enfant, et je me suis souvent retrouvé bien benêt de devoir décliner des demandes en mariage au lendemain d'une nuit sournoisement baisante, aux matins vides comme la nef d'église silencieuse entre les cantiques. « Bourreau des cœurs », rigolait mon ami Jean, et aussi Michel. « Toi on ne te résiste pas ! » Supercherie majeure puisque je me résistais à moi-même, je me détestais en tombeur montré dans le miroir.

La haute valeur morale, la naïveté de respect total et angélique de la Femme dans laquelle notre mère nous avait élevés. Mais mes copines souhaitaient sans doute plein de choses que j'étais incapable de leur donner, persuadé que j'étais de devoir les respecter, comme si le sexe était évidemment réservé à un autre monde, celui du péché, pas celui de la poésie et de la vie réglée et propre. Ces idées étaient clairement issues de l'éducation bourgeoise du début du 20ᵉ siècle, une grande hypocrisie en même temps qu'une aspiration à la perfection vertueuse.

Je me suis donc attiré la présence de ces *vierges* qui espéraient trouver en moi un compagnon, un père pour leur enfant, et un amant capable de belles transgressions tant souhaitées ! Je ne savais rien de l'Autre, je n'avais connu et fréquenté que des garçons, je voyais la femme comme une fée dans le ciel de mon enfance, une maîtresse d'école ou une grand-mère morte trop tôt qui était un dieu romain, assise sur sa chaise curule.

Toute ma vie, je fus ému, amant et aimanté par les bouches, les lèvres dessinées dans l'espace, tel le grand canapé rouge. Dans le train, le voyage donne la durée, tel un tableau accroché au mur du musée, les bouches, le plus souvent fermées, expriment leur ferme tendresse, à nu, non loin de mon regard, d'autant plus libre que l'autre devant moi lit, pianote son téléphone ou dort. De longues minutes, pendant lesquelles vous avez le temps de détailler chaque courbe, lèvre du haut et lèvre du bas si étrangères l'une à l'autre, collées cependant, peintes ou naturelles, immobiles de ces imperceptibles trajets musculaires prêts à se détendre ou à se tendre dans un baiser qui serait léger et imperceptible, ou ferme et mur tour à tour.

On ne peut jamais dire *il s'est trompé de désespoir*, tant il est plein, rempli de soi, en soi, nature totale, complétude, apaisement de l'entier, il ne manque rien au désespoir, c'est ainsi qu'il est si puissant! La proximité de l'Autre, celle qui vous colle à la vitre si proche de l'autre voiture, si impossible qu'elle est déjà partie. Cet approchement sans jamais aucun contact, sans toucher, sans odeur, vous donne la mesure de votre solitude. Ses lèvres de dessin et ses paupières fermées font oublier ses regards incompréhensibles. J'en ai fuies pour si peu!

Par exemple, pour avoir laissé ouverte la porte de la boutique ou ne pas l'avoir fermée correctement, incomplétude que je jugeais incompatible avec une quelconque complicité suivie. Je me jugeais aussi moi-même par la même occasion, me ressentant intolérant et assez scandaleusement étroit, rigide. Tout en ne parvenant jamais à penser autrement. Toutes les bonnes raisons pour trouver au moins autant de défauts chez les autres qu'en moi-même.

La parole, tout à la fois fleuve et bateau sur le fleuve, écume et fonds boueux, noirceur des sous-berges et éclats ensoleillés de la surface. Mon père me répétait : « Ne te disperse pas ! », accompagné de l'injure : « Tu n'es qu'un fumiste ! », dont on ne sait jamais si cela veut dire qu'on ne fait pas bien son travail de nettoyer les scories des cheminées ou si l'on enfume ! Ne pas se disperser. Quoi d'autre alors ?! Lorsque l'on s'intéresse à tout, absolument tout, tout ce qu'on voit, tout ce qu'on entend, tout ce qu'on ne connaît pas, tout ce qu'on pourrait connaître, avion qui passe, train qui s'arrête, serveur qui court, stylo, casserole, grande vitrine apportée sur un camion avec ses ventouses, poussette et grand-mère, feu vert, chien pourri qui croise le toiletté, fumeuse dans la rue, voiture électrique, *chhh*… en passant et qui a failli me renverser. Beaucoup de moyens de transports dans tout cela, c'est le voyage qui compte. Avoir des transports et se transporter. Je me disperse, je ne me fixe point, je ne peux supporter l'idée d'être enfermé par quelque chose, je suis passionné de tout, ai-je pensé toute ma vie peut-être pour m'excuser de n'y pas appartenir. A la vie. Qui commencerait le lendemain matin, tous les matins. Je disais souvent, en pensant faire sourire, que j'étais paresseux et que ce qui m'aurait convenu avant tout, c'est de ne rien faire. De ne faire que ce que l'instant me donnait à faire ou à penser. Ne rien faire ou aller mon chemin, avec qui me regarderait un peu. Ce n'était pas de la nostalgie, mais bien pire c'était la sensation intime de ne rien comprendre à cette multiplicité, à ce foisonnement d'activité, à ce brouillage universel qui accélère avec le jour qui monte, qui diminue et se transforme après le coucher du soleil, sur toute la planète, bzzz…, et parfois le bruit sec d'un conflit au milieu de tout cela. Moi j'étais sans guerre, et sans espoir. Je me disais que la guerre est porteuse de sa fin et de la fête, de la rencontre avec les survivants, les pleurs sur les morts, la joie de reconstruire et de se toucher en disant à l'autre : « Nous sommes vivants, nous devons en être *dignes* ! », pour recommencer quelques années après, ayant oublié que ce malheur d'être humain, d'avoir le Savoir sans rien comprendre devait être la base de toute assemblée, de toute rencontre, de toute décision, de tout État, de toute politique. L'Homme oubliera cela tant qu'il n'aura pas compris que son seul travail est de rencontrer l'Autre et de partager ce qui est produit. Pas ma brosse à dent qui est bien à moi mais les outils pour la produire. D'autres l'ont déjà très bien dit. Être capable de ne pas confondre dispersion et amour de l'Humanité. Mon père avait été major de l'internat de médecine, une victoire arrachée au racisme et à la lutte sournoise, presque toujours silencieuse, des strates sociales entre elles dans la France du début du 20ᵉ siècle. Les arrondissements de Paris reflétaient, d'Ouest en Est, ces différences et ces exclusions. Mon père était issu de l'immigration venue dans le *faubourg* aux odeurs de colle à bois et aux sonorités huilées de machines à coudre. Mon grand-père avait trouvé femme dans la communauté, en regardant par la fenêtre, alors qu'il voulait aller à Londres. Ma mère s'intéressait aussi à tout mais n'osait pas le dire, par peur d'alimenter l'idée que les femmes sont distraites et primesautières, butinant de ça et de là, sans s'attacher. Au fond, peut-être que mon père me traitait de gonzesse, d'une certaine manière ! Il est vrai que plus on en sait, plus il faut être invisible. On ne peut se vanter et être vanté que pour une monomanie, le Prix de, le premier de, le spécialiste en, le meilleur. Un jeune enfant est parfois traité de surdoué, avec cette inflexion dans la voix qui signifie : « Ça ne va pas durer ! La vie va s'en occuper ! Avec le temps !... Non, avec les coups de boutoir de l'école ! », et toutes ces petites pensées assassines, les bons meurtres rituels de la rivalité. A tel point que la mauvaise foi paternelle allait jusqu'à m'affirmer : « Tu peux faire ce qui te plait, même balayeur ! A condition d'être le meilleur, le chef balayeur ! »

Grand sachem avait parlé et cela ne me faisait pas rire. C'était d'ailleurs effroyablement sérieux, répété, asséné.

– Tu te disperses trop ! En fait, tu n'es qu'un fumiste, un touche-à-tout. Ce n'est pas comme cela qu'on apprend. Il faut creuser, se spécialiser, devenir expert !

Voilà ! Voilà pourquoi je n'aime pas les experts. Je ne les aime pas non plus parce que je ne crois pas à la possession du Savoir. Personne ne *sait* rien, tout le monde peut tout connaître, pas savoir. Il n'y a pas d'ignorant. C'est pourquoi tout intéresse : celui qui ne sait rien a tant à me dire et à m'apprendre ! Je me tais, je regarde, je contemple, je photographie l'instant de beauté où l'autre scille à peine, dit un mot ou deux, s'excuse, explique, demande ou invite. « Viens ! » me dit-elle, simplement. Et ce simple mot était tellement fort pour tout exprimer de l'amour ! Il y avait aussi les lèvres pour le dire, le souffle, les yeux à demi plissés, le regard sur moi, seulement sur moi, la reconnaissance de ma pleine présence. Et j'apprenais. Ou aussi : « Tenez ! » me dit-il, comme une note de musique dans l'air clair, en me donnant à tenir son violon. J'eus très peur de la force de ce simple échange. Ou encore : « Là ! » d'une voix tranquille, pour confirmer l'invitation à m'asseoir tandis qu'il part vers la cuisine chercher à boire. Ces promesses de lien sont plus fortes que vous, elles prolongent votre vie, c'est pour cela que nous vivons si longtemps, autrement mille raisons nous feraient quitter l'existence, biffée d'un simple trait. « Tu te disperses, mon garçon ! » Je ne devais plus être son fils dans ces moments-là. Moi, je ressentais, bien large, bien grand, bien ouvert : *tu as raison de te disperser*, étends, élargis tes vues, explore par delà les frontières inutiles, passe d'un sujet à l'autre, ouvre tes oreilles à tout ce qui passe dans ta rue, change de ville, traverse les paysages sans t'y attacher, n'entre dans un musée que pour voir un seul vase, une seule statue, tu reviendras plus tard, plus loin, autrement. Le bonheur est d'entendre « Viens ! Tenez ! Là ! ». De le partager. L'autre côté de la porte de Janus est de pleurer sa mort en la voyant venir. Et nous, nous sautillons sur la route caillouteuse, avec Nietzsche et tous les autres, nous marchons dans le bonheur des milliers de fleurs inutiles qui poussent et disparaissent, et repoussent et donnent à boire aux mouches. Nous entendons le chant du requiem en vivant chaque jour davantage.

Lorsque l'on veut s'éloigner de quelqu'un, on dresse des herses, on coupe le réel, on recoupe le passé, on reconstruit des phrases apprises loin de leur situation, on se penche sur l'ignominieuse vision de l'autre qui s'insinue peu à peu en vous, que l'on force à venir peu à peu en soi. Tout cela pourquoi ? Ne pas souffrir de la culpabilité ! Encore davantage si vous avez reçu une éducation religieuse. Le grand et noble modèle est là : la création du monde n'est pas notre affaire, c'est celle d'un Dieu invisible et vengeur. A nous de faire de même : la réalité des autres ne dépend pas de nous, c'est la réalité incontournable de la liberté que Dieu aurait donné à chacun. C'est ainsi que mon propre père cherchait une bonne raison de comprendre, en l'occurrence de rejeter ce que j'étais, devant lui. Au nom de la liberté donnée aux Hommes lors de la Genèse, combien d'abandons ont-ils eu lieu ? Combien de femmes et d'hommes se sont éloignés l'un de l'autre !? Liberté et omission, les deux outils majeurs de la pensée morale : en dire le moins possible afin de justifier que c'est l'autre qui a tout fait, tout dit, tout provoqué. Se victimiser. Moi je suis victime, de moi-même. En allant au devant de ma mort, que j'ai souhaitée, les victimes n'ont parlé que de mon orgueil. Et si cette pensée paraît encore trop explicite, il reste le moyen de désigner l'autre par la maladie. Mentale bien sûr, celle qui est physiologiquement indécelable. Cet autre est devenu tellement différent, tellement éloigné, qu'il peut même échapper à la nature humaine : « C'est inhumain ! », peut-on entendre, « de m'avoir fait ça ! ». Personne au bout du fil. Cela m'arrange, qu'aurais-je pu lui dire ? Lorsque votre père, l'homme désigné ainsi depuis toujours dans votre vie, exige de vous d'avouer. Quoi donc ? Quelque chose dont vous ne comprenez rien, quelque chose qui n'existe pas. Les amants ont souvent ce parcours qui fait de l'amour un poison violent et solitaire. Avantage de ceux qui regardent le spectacle : « Othello était fou ! Aveugle, il n'a pas compris qu'il était trahi, abusé ! » Mais Othello est désespérément normal. Il préfère la parole de Iago à celle de Desdémone. Othello ne la tue pas parce qu'il pense qu'elle le trompe, mais parce qu'elle ne lui parle pas, parce qu'elle ne le délivre pas de sa solitude. Moi, je fus Othello qui s'est donné la mort par respect des autres, pour ne pas les tuer. Pour arrêter de souffrir, depuis le père, à n'être pas regardé pour ce que l'on est. Rien ne peut justifier que l'on supporte d'être si loin de soi-même dans les yeux des autres.

A cette époque, j'avais trente-huit ans, je venais de connaître successivement passion, perversité et folie dévastatrice, amour charnel, dévouement, reconnaissance. Ainsi qu'une femme qui m'avait dit de couper ma barbe afin, ainsi dit tout net, *de devenir un homme, un vrai*, comme dans les histoires bien machistes. Je l'ai écoutée. Elle avait raison. *Arominthe n'aurait en aucun cas aimé un garçon avec des poils sur le visage*, ce fut une de ses premières paroles, juste après qu'elle soit venue avec ses deux valises, jusqu'à mon appartement où elle resta jusqu'à la fin. Je connus le partage sans fusion, bien différent de toute solitude qui se prend pour de l'attachement, de la passion ou de la haine. Cioran ne parlait de l'amour que pour dévoiler l'escroquerie de deux êtres qui font semblant d'avoir trouvé le moyen de sortir de leur isolement essentiel, ce à quoi j'ai longtemps souscrit, par confusion bien normale entre ce que j'avais vécu pas mal de fois et mon incapacité à aimer. Tout débute avec l'amour de soi. Pour cela, il faut accepter de vivre et, comme beaucoup, je préférais me haïr que de composer avec l'absurdité existentielle de l'humain écartelé entre une intelligence si large et une ignorance absolue. J'avais donc en commun avec tout un chacun de faire porter aux femmes rencontrées, celles avec enfant en particulier, la faute de mon incapacité à m'aimer moi-même. Et plus j'étais aimé, moins je reconnaissais que j'en étais incapable, je me ressentais victime en retournant contre elles ce que j'appelais leur manque d'amour, sans voir à quel point cela ne concernait que moi. Ou en tout cas, puisqu'il est impossible d'en juger, je renversais comme un gant les situations en rendant l'autre responsable de mon mal-être permanent. Celle qui me demanda d'être un homme, *un vrai*, me parla comme jamais je ne l'aurais cru possible, –ne pensant jamais pouvoir accepter ce genre de paroles a priori incompréhensibles, impossibles, inadmissibles–, et me donna la clef opérative d'une libération cruciale, franchir la limite entre père et fils, entre mère et enfant, entre moi et moi. Elle m'ouvrit, en me parlant comme un oracle de Delphes, la porte vers une femme différente de mes rêves. Vers la réalité. C'est ainsi que mon Arominthe a disparu. Et qu'elle, l'Arominthe réelle et moi nous rencontrâmes. Elle vint vers moi sans famille, orpheline, sur ses deux pieds, elle me regardait et dit : « Viens t'asseoir à côté de moi ! » devant tout ce monde assemblé. Cela fut transparent, limpide, évident, véritable. Tout fut simple, chaud, silencieux, vécu. Très calme. Je sortis de la spirale, du cyclone, vers la clarté. C'est pourquoi, de père humaniste, je devins aussi père procréateur.

Car je ne voulais pas *faire des enfants*. Ma soeur y avait déjà renoncé, expliquant qu'on ne peut enfanter *dans un tel monde*, c'était pour elle et son mari une démarche positive, un respect de l'humanité, une œuvre constructive ! Moi, je ne voulais pas d'enfant parce que je ne voyais pas avec qui je pourrais en vouloir. Ce n'est pas avec 1 que l'on fait 2, c'est avec 1 et 1 que l'on fait 3. La femme *très fatale* –je devrais dire *létale*— avec qui j'avais vécu quelques petites années avant de m'en séparer dans la plus grande tourmente qu'on puisse connaître, me présentait son désir de maternité comme d'autres vont saigner le cochon. Ma maison était devenu un hangar où le boucher du village viendrait faire son office pour égorger puis ébouillanter la bête. Mais, ne serait-ce que quelques fragments furtifs de temps, un enfant est fruit de deux désirs. Les médecins me demandaient sans cesse des comptes sur ma fertilité et tous me voulaient mis en tubes. Mais je me refusais, comme la vache au taureau qui renâcle. Horreur de la chair triste et mortifère, odeur de mère médicamentée, draps artificiels d'une mise-en-scène qui faisait davantage penser aux clubs échangistes et à leurs parfums suspects qu'à un lit de bonheur. Je n'en voulais pas, c'est tout. Et je réfugiais mon besoin dévorant de prolongement paternel dans l'adoption, sans aucune sorte de raison médicale. Ma semence était bien vivace, corps médical stupide, assoiffé de raisonnements symptômisés, dévorants mensonges de la science. La naissance d'un bébé ne me fut pas attribuée par mon entourage, la guerre faisant rage entre ceux qui l'avaient dit les premiers, de mon oncle, de mes frères, de mes soeurs ou de ma mère : « Il ne peut pas être le père puisqu'il ne peut pas être père ! »

Et d'interroger subrepticement la parturiente pour lui faire avouer que la date de conception du bébé remontait à bien avant ! Cela mit une distance irrattrapable entre ces familiers nauséabonds et moi, éloignement déjà effectif avec ma mère même si je la respectais pour être ma génitrice et la plaignais pour être une femme qui ne s'était jamais aimée. Je savais ce que cela pouvait causer comme tortures, jusqu'à voir le diable. Mais une de mes sœurs, elle, aurait pu sortir de ce tourbillon de haine. Elle préféra son petit cookie de plaisir en continuant de se caresser le ventre avec ses convictions. Elle me perdit car le souvenir des nuits passées auprès d'elle dans son lit ne pouvait décidément plus compenser son égoïste onanisme. Je fus père, grande joie de ma vie, indicible, déjà connue et si bien dite par Hugo. On m'asséna souvent que « ce n'est pas *pareil*, hein ! » entre un enfant adopté et un enfant généré. J'ai conservé la sensation profonde, sans m'y forcer, d'aimer tous mes enfants chacun au fond de moi-même, pas affaire de quantité ni de différences évidentes entre chaque être qui vous prolonge. L'enfant est, pour un homme, cette continuité construite de soi par un autre être humain. Pour une femme, la différence entre porter l'enfant en soi et l'accueillir comme mère n'est sans doute pas compréhensible. Je ne compare pas, je ne dis pas c'est pareil c'est différent, je dis c'est ainsi, c'est là comme un paquet, ça n'admet aucune comparaison, chacun à la place qui n'est qu'à lui ou à elle. Ma vieillesse me facilita de comprendre que le lien avec l'enfant est indéfectible. Les liens avec qui vous accompagne peuvent se briser du jour au lendemain. Impossible avec l'enfant. La femme, l'homme qui vous côtoie peut redevenir un parfait étranger, être oublié dans le passé indépassable, les enfants appartiennent à un autre cercle de la conscience, ils demeurent dans le présent. Du moins y a-t-il peu à faire pour les y retrouver. L'enfant est toujours là, alors que la personne aimée doit être maintenue dans le présent par la perpétuation du lien, une attention à soutenir ce lien. Les enfants qui ont de la chance ressentent cet amour pour leur parent, cette proximité indestructible, et ils s'en font nourriture. C'est pourquoi j'eus tant de peine à exister tant que je reçus seulement de mes parents les fonctions vitales comme un scaphandrier avec sa réserve d'air, pas d'amour profond, baisers, chaleur, partage, complicité, conseil. Je fus orphelin, c'est pourquoi j'en rencontrai autant, c'est pourquoi j'en ai adopté, j'ai construit une famille d'orphelins. Paradoxal, trivial, mais si bon : la très grande chance de n'avoir aucune contrainte du dimanche !

Tout cela grâce à une barbe clairsemée et roussâtre, moche, qui fut rasée d'un jour à l'autre. Mon galopin d'excursion, qui me vit quelques heures après, me regarda, effaré :

– Je ne te reconnais absolument pas, c'est affreux !

C'était donc parfait. C'était une transformation majeure qui augurait d'une métamorphose ou tout simplement c'était le signe que j'avais échappé au cœur de la névrose qui me dévorait depuis si longtemps ! J'en ai gardé une belle reconnaissance à cette garce qui, comme le dit Swann d'Odette de Crécy, *n'était pas mon genre*, pour dire que je la voyais comme une statue de marbre proférant des maximes froides et non comme un être vivant pour partager ma vie. Je la remercie toujours en pensée de m'avoir regardé, de m'avoir parlé. Rare et précieux. Et je sais le bien de ses paroles face au vide de mon absence.

L'amitié entre garçons est pudique, on entend souvent qu'elle le serait davantage qu'entre filles. J'ai été ami avec des hommes que je n'aurais pas même du rencontrer, que seul le hasard du feuilleté des situations empilées a transformé en échange. Michel avait quinze ans de plus que moi, il était le beau-frère d'un copain de lycée, de ceux que l'on perd dans le brouillard de la vie adulte en ne se souvenant que des bons moments alors que ces fricassées d'adolescents étaient plutôt amères : compétition, jalousie, vantardise en étaient les ingrédients principaux d'une recette bien lourde, indigérable. Michel n'était pas aimé du frère de la femme qu'il avait épousé, il était critiqué pour son travail, pour ses convictions politiques, pour sa non conformité campagnarde avec le clan parigot des parents petits-bourgeois. Moi, je le trouvais *sympa*, gai et marrant, vif. Et puis il avait l'air de s'en foutre totalement, ce qui m'amusait car je sentais bien qu'il n'en était rien : il se débrouillait bien dans ce milieu nauséabond. Avant tout, il adorait sa mère, une dame aux verres de lunette si épais que ses yeux n'y étaient plus qu'un point acéré et doux à la fois. Une vieille dame qui vous disait toujours des choses étranges sur le cours de la vie, sur vous-même, sans insister, avec fermeté et gentillesse, une petite sorcière bienveillante qui en savait un bout sur les humains et leurs destins. Elle me conseilla, « pour guérir de ton problème respiratoire », de prendre un bateau dans la baie de Saint-Malo, d'aller au large « au moins deux kilomètres… », d'uriner dans une bouteille puis de rincer cette bouteille une fois avec l'eau de mer. Après l'avoir remplie de nouveau, il me fallait en boire un verre entier et je serai guéri. Michel a toujours cru dans sa relation privilégiée à sa mère, ce qu'il a toujours continué au-delà de la mort de cette femme étonnante, au sourire blanc comme ses cheveux, son image se dressant toujours tranquillement devant moi, assise dans son fauteuil à l'ombre des arbrisseaux de son jardin devant la maison. Pas trop de campagne mais j'ai toujours aimé les voyages et lorsqu'il fut question de descendre un morceau de Creuse avec un petit Sportyak, sorte de barcasse en plastique verdâtre avec deux bancs de bois fort étroits, deux avirons et une godille, je fus tout de suite d'accord pour cette grande aventure. Le bateau appartenait à Michel. Sa femme nous déposa près d'un pont sur la rivière. Nous fîmes nos adieux de Tartarins et partîmes sur l'eau tranquille. Très vite les habitations disparurent, la rivière s'élargit peu à peu jusqu'à devenir un grand lac noir comme un miroir. Juste un serpent ou deux pour faire des rides et des boucles furtives à la surface. Il faisait beau, pas un bruit. Ce silence curieux qui prouve qu'on est loin des habitations ou des routes. Pas un bruit de moteur, quasiment impossible dans nos pays. Nous avions une carte achetée à la librairie Le Yacht qui indiquait un bief avec une usine électrique au bout, en barrage. Effectivement, nous arrivâmes à des quais de béton dégoulinants d'anneaux rouillés. Prenant pied sur le barrage, nous entrâmes dans une usine parfaitement désaffectée, carreaux cassés, vieilles vannes métalliques aux vérins huileux visqueux. Un bruit, des pas, une voix nous demandant ce que nous faisions là. Un ingénieur chargé de la bâtisse et qui venait faire des relevés architecturaux. Il nous dit d'emblée que nous n'avions pas le droit d'être là, que nous n'avions pas lu les panneaux, que nous devions partir. Mais quand il comprit que nous étions en bateau, que nous descendions la rivière par amour d'une ballade, il nous dit :

– Bon ! Je vais vous donner un peu d'eau… Parce que vous n'avez pas vu, il faut porter votre bateau sur au moins un kilomètre en aval… Descendre d'abord la grande échelle pour vous retrouver en bas du barrage… Il n'y a plus d'eau, ou très peu… En tout cas, pas d'eau pour flotter, même un bateau plat ! Je vais vous mettre de l'eau, ce qu'il faut…

Nous regardions par une fenêtre sans cadre : des pierres partout, avec des filets d'eau autour, comme si tout était jalousement et définitivement retenu là-haut, dans le grand lac. Il lâcha de l'eau effectivement, comme une bassine que l'on renverse d'un seul coup dans le caniveau, tandis que nous avions descendu le Sportyak en contrebas, dans le lit de la Creuse. Merci de la main, au revoir monsieur l'ingénieux ingénieur sympathique. Et la barcasse flottait, en évitant les plus grosses pierres, bien visibles dans l'eau limpide et déjà rapide. Après le premier coude, nous vîmes des gens courir sur la berge de droite où était un camping.

– Sortez de l'eau, c'est dangereux, ils lâchent de l'eau, ça va monter vite…, dangereux !…, le courant…, allez, sortez !

Ils continuent à courir ou à nous regarder, hébétés. Nous avons beau tenter de dire que *c'est pour nous*, cela ne rencontre aucune compréhension de leur part.

Nous descendîmes fort vite les coudes suivants, bordés d'arbres sombres et magnifiques. Rives creusées par les ondes accélérées, que ce fut par l'ouverture du barrage ou par les pluies. Comme l'eau était plus basse que la normale, il y avait ce demi-cylindre de terre noire à vif sous l'herbe du bord, parcouru de racines et de lapins, les terriers y débouchant parfois, comme une buvette installée au bord de la Marne. Nous attrapâmes un gros mâle beige et brun, magnifique, paisible et apparemment satisfait de prendre la place d'invité à bord du petit bateau. Plus loin, la rivière s'approfondit. Une petite île trônait au beau milieu. En nous approchant, nous vîmes un potager sur ce bout de terre qui nous avait paru, de loin, sauvage. Abordage sans à-coup, le temps de souffler un peu de nos exercices d'avirons que j'avais troqués pour une godille tant affectionnée. J'avais appris ce mouvement d'hélice du poignet à l'arrière d'un bateau quand je devais manœuvrer le voilier au port, en Bretagne. Le lapin se dressa, il sentait les laitues. Je crus lui avoir fait peur car il sursauta. Suivi d'une forte gueulante derrière nous :

– C'est interdit, bande de *galopins* !... Voulez-vous bien fiche le camp de là ! Interdit ! C'est interdit ! Propriété privée !...

Une dame en blouse improbable nous hurlait dessus depuis la rive en face, près d'un rétrécissement de la rivière canalisée vers un moulin.

– *Galopins* !

– Mais... nous sommes dans la barque !... Oui... nous partons !

Et de ramer promptement vers le milieu de l'eau, non sans avoir fait un rapide tour de l'île pour déposer notre animal au milieu des salades et des carottes. Je me gratifie toujours, ainsi que mon ami Michel, de la fière et indestructible épithète de *galopin*.

Voilà de quoi étaient faites nos journées, nous discutions de tout au milieu de la nature, loin des contraintes ordinaires. L'amitié se construit sur des moments qui fondent son souvenir. Le souvenir de l'amitié. Cela a tenu ensemble nos extrêmes différences jusqu'au bord de leurs limites. Le souvenir d'un sentiment crée le sentiment dans la durée et finit par le faire exister pour de bon. Car aucun ne se donne entier, il se construit peu à peu. Il existe pour refuser de ne pas être, édifice translucide mais solide.

Cependant, lorsqu'on construit sa vie toute entière au fil des journées qui s'allongent les unes derrière les autres, toutes sur des mensonges, des illusions, des faux semblants, des falsifications, sur l'incapacité à se parler à soi-même de ses creux, lorsqu'on se trouve après des décennies d'espoir, d'attente, de désir, de quête, de soupir à désirer la réalisation de soi-même et qu'on n'y parvient pas, la douleur est là, lancinante. Et ridicule. La violence de cette souffrance est si grande qu'aucune amitié, aucune présence, aucun détournement ne peut vous en détourner. C'est ainsi que se construit silencieusement et précisément la nécessité de mettre un terme à tant d'attente et d'insatisfaction. Rejoignant le grand ensemble, le désespoir humain, l'incompréhensible existence. Le silence est plus fort, on voudrait appeler mais rien ne peut ni se dire ni s'entendre. Tout est si désuet. A la violence faite à soi-même correspond la violence que vous font les autres en vous souriant, en prenant les choses avec humour, *à la légère*. En ne voulant pas admettre que la solitude l'emporte sur la relation, que tout ce qui pourrait être dit est vain. Violence du rien, violence du léger, violence du sourire, violence du regard détourné, violence du mine-de-rien, violence de la non-réponse, violence de la disparition dans le

passé, lui-même remis en doute. N'ai-je point tout
rêvé ? A force de me rêver, j'ai cru tout cela bien réel
alors que ce n'était pas, c'était autre chose. Ou pas
grand chose. Chaque seconde de ma vie refusait de
stopper la projection qui devait bien finir par
montrer la vérité. Ainsi peut-on se retrouver, bien
tard dans sa vie, dans le même dénuement que
lorsqu'enfant, on survit en totale solitude au milieu
de sa famille. Avec le temps en moins, avec l'espoir
en moins, avec la mansuétude en moins, avec la
chaleur en moins, avec l'insouciance envolée, avec le
corps pesant et la compagnie envahissante de
l'expérience, cette longue liste de nos erreurs. En
fait, toute ma vie a passé à rêver à une petite fille-
femme, comme la Clochette de Peter Pan, mais en
plus adulte et moins primesautière ! Une miniature
de femme, de la taille d'un avant-bras, qui montait
sur mon épaule, se blottissait dans son creux,
racontait ses frayeurs à mon oreille. Elle pouvait
entrer dans mes poches et s'y blottir, y dormir, s'y
cacher. Elle me protégeait de ma mère, de mes
maîtresses d'école, de ma prof de piano, et me
donnait même le courage d'aller à confesse. Ma
mère voulait que je sois prêtre. Toute mon enfance
et mon adolescence ont été décorées par des objets
d'église. A Noël, *le petit Jésus* m'apporta une panoplie,
un service miniature pour dire la messe : ciboire,
calice, petits candélabres, petit ostensoir dans lequel
je pouvais mettre de petits morceaux d'encens sur
des charbons spéciaux. Le petit métal chauffait fort
mais tenait bon. Comme du vrai. L'intégrisme
fanatique a d'abord le visage des anges et d'une
grande paix de la certitude. Clochette me rendit
invincible. Je plongeais ma main dans ma poche, je

la sentais, elle me serrait le doigt, j'étais fort, je ne renonçais jamais, elle me protégea jusqu'à la dernière minute.

« Si j'avais choisi mes parents, j'aurais pris ceux-là » dit-elle à la télé en parlant de son père, le Professeur Choron. La question ne se pose pas pour nous. C'est ainsi. Être aimé, aimer, la base absolue de tout. Ma mère, à défaut d'être prêtre m'a toujours vu mort, comme elle. Elle voulait que nous mourrions, ou plutôt que nous ne soyons pas nés, ou plutôt que nous restions vivre à l'intérieur d'elle, sans être expulsé loin dans ce monde qui lui échappait. Cette folie crépitait doucement mais dangereusement brûlante comme les charbons pour l'encens visqueux comme lave. Toujours la même fumée odorante et dense s'échappait du petit ostensoir, comme pour dire tu n'es rien, tu viens du néant et tu n'es que de la fumée, mais tu brûles et personne ne le voit, c'est au cœur de ce qui brûle.

Ainsi, très tôt, sans doute avant même de naître, mon identité était déjà un énorme problème, le terrain mouvant et casse-gueule sur lequel il m'a fallu vivre. Et, mis à part mon psychanalyste, personne n'a jamais écouté cette douleur intense, cette brûlure invisible qui vrille le corps : pouvoir être soi-même et être entendu pour ce que je suis. Qui suis-je ? La question disparaît au moment même où elle est émise, tant elle est énorme et bête, tant elle se boursoufle de sa propre inutilité. Tant elle n'a pas de place. Qui disait : « Si j'étais extérieur à moi-même, je ne me remarquerais même pas » ?

« Ah oui ! Le problème de l'identité est essentiel !... », « Contente-toi de vivre, et tu iras mieux ! », « Que crois-tu ? *Que tu es différent des autres ?* », « Ton histoire est partagée par des millions de gens… c'est tellement évident ! » Quelle naïveté et quel narcissisme à prétendre en parler ! L'humilité, l'humilité en Dieu bien sûr, *résoud tout.* Oublie-toi, ne pense plus à ta *petite* personne. Remets-toi à la mansuétude divine et à son Grand Amour. Perds-toi en Lui.

Moi qui ne sens rien de tel, moi qui, au jour de mes treize ans, n'ait plus eu besoin du dieu romain catholique ni d'aucun autre, moi qui vis seul comme tout le monde, je ne pouvais me résoudre à abandonner la recherche de moi-même car sinon, où est la rencontre avec l'Humanité ? *Étreindre mon existence*[1]. Je me disais chaque jour : c'est ce voyage digne de Don Quichotte que je fais maintenant et que je poursuivrai jusqu'au bout du bout, jusqu'au moment de l'abandon de soi par la division du corps, la mort.

A quatorze ans, j'avais donc passé ce fameux test psychologique, juste à la suite de l'événement dramatique que je venais de faire subir à ma mère en vidant ses placards dans les poubelles, en son absence. Je ne lui pardonnais pas d'être sans cesse malade, d'être ailleurs, pleurante, odorante de ces senteurs de malades qui macèrent dans leur lit et qui touillent sans cesse leurs idées noires. Chez la psychologue, inévitablement dans le 16ème arrondissement de Paris, je me pliai aux demandes, questions, je me laissai glisser le long des exercices et grandes attentes dans des lieux sans âme, sans accueil, sans rien, vide de la relation, le comble pour des gens censés vous découvrir. Mais il s'agissait

---

[1] *Sigmund Freud.*

moins de cela que de jauger où en était le petit monstre, héritier de cette femme maniaco-dépressive dont j'étais issu jusque dans ses problèmes relationnels. Les médecins peuvent ainsi penser l'horreur sous forme de déterminisme congénital, erreur et injustice de notre temps de progrès scientifique. Le terrible résultat tombe : Q.I. de 156. On ne parlait pas de surdoué, à l'époque, et il n'existait pas encore de collège Michelet pour vous accueillir et vous comprendre : soif de tout, connaître, savoir, voir, aimer, démonter, atteindre. Et en face de vous des adultes si lents, si pesants, si fermés, si peu *engagés*. Silencieux, absents ! Tant que parfois, cela m'a tenu une bonne partie de ma vie, je croyais à l'erreur : loin d'être surdoué, je me surestimais, voilà ce que je devais penser de moi-même, un point, c'est tout. On me faisait comprendre, autour de moi, frères, sœurs, cousins et amis des parents que mon père voyait en moi un petit génie, son digne descendant, et qu'il me fallait mettre un frein à mon orgueil et à ma boulimie de Savoir. Se comporter et vivre comme les autres, on ne te demande rien d'autre, accepter d'être avec et parmi les autres. Moi qui n'en avais pas tant besoin, pas besoin d'être en groupe. Du moins je ressentais clairement que « rien ne se fait sans les autres », mais avant tout que rien ne se fait sans l'autonomie et la reconnaissance de sa créativité singulière, la mienne, celle de l'autre, enrichir nos échanges, un regard précis, attentionné. Qui voulait échanger avec moi ? Très peu de monde.

J'ai connu un couple, mari et femme tous deux ingénieurs dans une grande entreprise qui fabriquait des missiles et des fusées à la pointe de tous les progrès du moment, qui souhaitèrent devenir mes amis à la suite de nos projets professionnels partagés. Après deux ans de relations suivies, dimanches joyeux, séances photos —ils développaient eux-mêmes leurs chefs-d'œuvres en couleurs dans le laboratoire de leur sous-sol—, voyages et visites, moments de musique et d'échange sur le futur du monde, après des mois de relations cordiales, ils me firent venir tout spécialement pour me dire :

– Voilà… nous ne pouvons pas suivre… En fait, tu nous déstabilises… Nous n'y arrivons pas… Nous ne te comprenons pas… Tu vas trop vite… Nous ne pouvons plus…

Je venais de passer un samedi et un dimanche avec eux dans leur maison de la vallée de Chevreuse, accompagné d'une chanteuse brune et enrouée que j'avais rencontrée dans un café-bar et qui n'avait sans doute rien d'autre à faire que me suivre.

– Nous ne pouvons pas continuer… Nous préférons te le dire simplement… Voilà, nous arrêtons tout… Arrêtons de nous voir… Nous ne pouvons plus te fréquenter… Nous ne devons plus te voir.

Je ne dis rien, je suis parti, anesthésié. Le soir même je partageai mon grand lit avec la chanteuse brunette qui toussait la mort. Je ne la touchai pas, je dormis, les yeux grands ouverts sur mon sort funeste à n'y rien comprendre. Je crois que je ne me suis pas posé de questions sur cette aventure, alors que j'aurais du. C'est que cela me paraissait sans doute extrêmement *naturel* qu'on ne me comprenne pas et qu'on me rejette, c'était bien cela l'orgueil d'être différent. Et ainsi en fut-il de même pour beaucoup d'autres rencontres qui finissaient par l'éloignement soudain et définitif, comme une pratique *normale* comme intégrée à ma peau. Personne ne peut se penser *surdoué*, même lorsque vous comprenez plus vite que ce que vous voyez, plus vite que ce que vous entendez ? Que faire lorsque vous percevez à l'évidence ce qui se passe loin de vous, ce qu'on ne vous dit pas ? Et qu'à chaque fois que vous avez vérification de ce qui s'est fait, dit ou pensé en dehors de vous, vous avez confirmation d'avoir bien compris, entendu et saisi le fond de l'affaire ? Mieux : parfois toute l'histoire vous est connue par intuition. Puis vient une première confrontation avec la réalité : vous avez une partie de la chose, elle était donc vraie. Mais vous n'avez pas tout ce que vous savez. C'est ensuite, parfois longtemps après, que le reste vous est confirmé, ce qui vous montre que vous saviez dès le début. A croire en une certaine sorcellerie ou bien que vous êtes fou ou bien que vous reconstituez faussement des pensées qu'en fait vous n'aviez pas eues mais que vous croyez avoir eues. Car il est si douloureux de savoir et d'être seul à savoir que l'on sait. Sans jamais pouvoir affirmer à ce moment-là que vous savez. Il faut toujours attendre, attendre et encore patienter, jusqu'à ce que la chose apparaisse, ou bien ne soit jamais révélée, ce qui est aussi un apaisement. De toutes façons, vous ne pouvez vous empêcher de penser qu'il s'agit de votre folie, de déviance, de paranoïa. Et de la garder pour vous, car il est impossible de dire ce que l'on sait. Et en fait de ne pas savoir grand chose. J'ai su tant de choses, celles que l'on m'a révélées ensuite comme bien réelles, et d'autres, parfois terrifiantes, dont je n'ai jamais eu aucune confirmation. Il en est ainsi parfois des copains, rencontrés au hasard du quotidien, que l'on revoit parce qu'ils appartiennent à vos cercles fréquentés. Ils disparaissent comme ils sont apparus. Si vous ne les appelez pas, ils ne vous appellent jamais. Quand vous leur téléphonez, eux, dès le premier mot :

– Ah ! Enfin ! Tu donnes de tes nouvelles ! Dis donc, ce n'est pas facile avec toi, toujours occupé !...

Je reste sans voix. Ils ne vous appellent jamais et se plaignent à ce moment précis d'approche alors même que vous les appelez !

– Dis donc, c'est moi qui t'appelle, là !

Et puis non. Ne pas le dire. Tant pis pour eux. Une chouette copine, productrice et militante syndicale à Radio-France, ne m'appelait jamais mais était toujours *ravie de m'entendre*, de me voir et de m'inviter à passer quelques jours à Avignon chaque année au festival où elle se rendait pour le boulot. Moments sympathiques, intéressants et drôles, partagés avec d'autres amis de la grande maison ronde, une bande de joyeux marrants tous logés dans une location meublée commune. Je décidai, le jour de la naissance d'un de mes fils, d'attendre à la suite de mon faire-part de naissance qu'elle m'appelle. Cela fait plusieurs décennies... Mon fils a eu cinquante ans. Elle n'a jamais appelé. J'ai parfois pensé qu'elle était morte. Mais non. Parmi mes relations marrantes de la radio, certaines la voyaient toujours ou avaient de ses nouvelles : elle se plaignait de ne plus jamais avoir d'appels de ma part ! Bizarrerie de ces téléphones qui ne savent que recevoir des coups de fil et qui n'en donnent jamais. Il faut dire que le téléphone a parfois une voix humaine, parfois c'est un désastre, un désert, une déliquescence de la relation. J'avais besoin de signe, juste d'un signe, juste un petit énorme signe de présence, juste un décroché pour raccrocher avec vous, pour relier le lointain, le coupé, le silencieux. Que fait-elle en ce moment ? Elle pense parfois à nos moments d'amitié –car c'en était–et doit être persuadée que je n'ai rien fait pour garder ce contact avec elle. J'ai repris une simple place dans un ensemble indifférencié dans lequel son crétin de mari voyait d'un sale œil tout ce qui volait du temps à la relation qu'il n'avait plus depuis longtemps avec elle ! Leur fils le payait cher, il avait beaucoup fugué, c'est ainsi. L'amitié entre homme et femme est difficile mais pas impossible. Il y faut de la grandeur d'esprit et d'âme, ce qui est peu partagé dans le western ambiant. Il y faut aussi l'absence de désir sexuel, ce qui était limpide avec elle mais non conforme aux relations normalisées de cette bourgeoisie étriquée, très au centre de tout, gauche ou droite, et rejetante de tout ce qui n'est pas immédiatement repérable et étiquetable : qui est avec qui ? Entendez : qui couche avec qui ? Spécialement dans le monde quotidien de l'entreprise médiocre intéressée à feuilletonner les aventures nauséabondes des salariés.

Les hommes et les femmes n'en finiront pas si facilement avec la question de l'homosexualité. Après les ambigües souffrances connues au collège, j'avais grandi avec des convaincus que les homosexuels sont des déviants, des malades. Ces sentences sont indignes, elles ne parlent que de celui ou de celle qui juge. Confusion et mélanges règnent en maître entre homo et pédophile, qui est un crime. Comme toujours, il s'agit plus de comprendre par les intentions que par les quantifications bien illusoires, âge, certes, mais aussi types et genres, aspects, délit d'atteinte au corps sacré de l'autre. Le mien fut plus que touché, il fut nié.

Monsieur Fraenkel rencontrait des étudiants en études de psychologie clinique. Claude Revault-d'Allonnes, professeure de psychologie, permettait d'avoir accès à de nombreux invités qui servaient de témoins dans ses cours : ainsi les étudiants avaient-ils des échanges avec des spécialistes de l'accouchement sans douleur qui expliquaient que l'accouchement avait lieu avec douleurs mais pas forcément dans la douleur.

– Les douleurs, ce sont les contractions ; la douleur, c'est la souffrance, expliquait-elle, de son ton qui n'admettait aucune controverse.

Mon corps de garçon n'aurait pas à vivre ces subtiles et très pertinentes distinctions, ce qui ne m'empêchait pas du tout de m'y passionner, comme de tout ce que nous apprenions. Boris Fraenkel vint témoigner des difficultés et différents empêchements à traduire et à introduire la pensée de Wilhelm Reich en France. Comme j'en étais un lecteur assidu, je pus discuter avec lui. De plus, je le savais fort engagé dans des luttes intellectuelles, aux côtés de Trotski et de Marcuse. A la fac, il militait pour la « libération sexuelle des jeunes ». Il me proposa de poursuivre nos échanges en dehors de la fac, ce qui était alors une pratique courante entre profs et étudiants dans les cafés des environs, thé à la menthe à la Grande Mosquée de Paris ou autres petits restos du quartier latin. Il me donna rendez-vous un après-midi, curieusement loin, rue Godot de Mauroy. Immeuble noirci haussmannien. Escalier de service et chambres de service au 6ᵉ étage. Deux tours de clés et nous voici dans une méchante petite piaule clairette, avec un méchant lit d'une place et demi, une chaise et un vilain fauteuil en skaï à accoudoirs. Il me dit tout de suite très poliment juste après avoir ôté son manteau :

– Vois-tu un inconvénient à ce que je t'embrasse ?

Je marquai un petit temps, juste pour me dire que j'étais dans la plus extrême sérénité et que je me sentais très bien. J'inspirai.

– Non, merci. Je ne suis pas homosexuel.

Puis, tranquillement, j'ajoutai, comme un prof à son élève :

– Cela ne nous empêche pas de parler de Reich et de tes travaux qui m'intéressent beaucoup.

Il ne dit rien, eut un petit sourire, renfila son manteau et ouvrit la porte. Le rendez-vous, la passe était terminée avant de commencer, il ne s'était rien passé, il ne se passerait rien et il ne me passerait rien non plus. Tristesse d'une belle déchéance solitaire d'un vieil enseignant contraint de bâtir des mises en scènes compliquées, juste pour se donner un peu de plaisir. Je suppose. Je ne le revis plus qu'à l'université. Je lisais ses traductions qui avaient fini par sortir après bien des difficultés, des exclusions et des procès en France et en Allemagne. Et quarante ans plus tard, je trouve un message téléphonique relevé par une de mes filles, que je lui demande de m'expliquer :

– C'est un monsieur qui dit qu'il t'a bien connu il y a longtemps, si tu es bien celui qui était psychologue clinicien, et qu'il aimerait beaucoup te revoir, dans un café place Saint-Michel, si tu veux bien lui retéléphoner chez lui. Son numéro… Je mis pas mal de minutes à comprendre qu'il s'agissait de Boris Fraenkel. Mais il m'avait manqué au moins cet échange téléphonique direct qui aurait pu me faire changer d'avis. Je ne lui ai pas téléphoné. Quatre ou cinq mois plus tard, un cothurne de l'époque devenu psychiatre ivrogne me téléphona :

— Salut ! Tu sais, Boris, Boris Fraenkel, tu te souviens !? Il y a un article dans le Monde, il s'est suicidé en se jetant du Pont du Garigliano.

Je restai muet.

— Tu vois, Fraenkel…, Reich…, psycho… ?

— Oui, bien sûr ! C'est étonnant, il m'a appelé il y a quelques semaines, et je ne l'ai pas rappelé.

— Moi aussi…, moi non plus.

Et je savais que lui, ce médecin, avait couché avec Fraenkel.

— Il s'est suicidé… Et tu ne l'a pas rappelé non plus ?

— Non, j'ai eu sa femme au téléphone… il avait fait le tour de tous les gens qu'il connaissait, avant d'aller se jeter dans la Seine.

— Terrible !

J'ai cherché le papier avec le numéro de téléphone, que je ne trouvai point. C'est plusieurs mois plus tard que je le découvris dans une pile de papiers. J'ai appelé, longue conversation avec elle, elle souhaitait échanger avec des gens *proches de son mari*. Nous avons évoqué ses immenses difficultés et son talent, sa difficile pédérastie, sa cuirasse caractérielle[2], et son rejet par tous qu'elle conclut : Boris est allé se jeter dans la Seine. Aucun des coups de fil qu'il a

---

[2] *Wilhelm Reich, la Révolution sexuelle.*

passé n'a... (très long silence)... Absolument personne ne l'a rappelé.

CHAPITRE 2

Lorsque la confiance est partie, pour Othello, la jalousie, la suspicion, le doute sont les nourritures des pensées les plus communes de vos journées, il faut quitter cette douleur, éloigner cette plaie ouverte qu'on ne peut toucher ni même regarder sans hurler. Ainsi avais-je fait vivre à ma mère cette désaffection, cet abandon, elle avait perdu totalement confiance en moi, elle me reconnaissait pour fils mais perdu à jamais loin de toute parole de vérité, je n'exprimais pour elle que dissimulation et mensonge, cela avait été scellé dans le pacte silencieux du débarras de ses placards.

Comme dans toute bonne névrose des familles, bien installée, bien costaude et massive, je reproduisais le tout fort instinctivement, fort naturellement, avec bon nombre de mes rencontres. Quel mal pouvait-on me vouloir à me vouloir tant de bien ? La négation de soi entraîne non pas à la folie mais au rejet des autres puisqu'on ne peut vivre avec soi-même, la cause est définitivement entendue : toute personne qui osera s'approcher et tenter une liaison, quelle qu'elle soit, est frappé d'interdiction pour crime d'avoir cru en vous, et même d'avoir à peine osé vous aimer. Comment en serait-il autrement puisque ma mère me voulait mort comme elle-même et que mon père m'attendait toujours ailleurs que là où j'étais, je ne pus donc jamais le rencontrer. Il en fut ainsi toute ma vie avec les humains et ma suspicion s'est peu retirée. En de très rares occasions et à l'encontre de très rares personnes. Le moindre bruissement d'âme, le plus anodin des regards jetaient en moi un trouble profond, que me voulait-on, que critiquait-on de mon attitude ? Que devrais-je faire pour être conforme et aimable ? Cela atteignait de tels sommets de stupidité de ma part qu'un de mes fils me dit un jour :

– De toutes façons, toi, tu termineras ta vie *tout seul* !

– Merci, lui dis-je précipitamment, tu as vraiment tout compris !

– Non, mais j'exagère, tenta-t-il pour rattraper la situation.

– Tu dis vrai, mon fils, mais ce que tu ne comprends pas, c'est que c'est déjà fait, je suis déjà seul.

– Pourtant, c'est bien à moi que tu parles, non ?...

– Toi aussi tu me parles, et pour me dire quelque chose qui signifie notre séparation. Donc nous pouvons très bien être en relation avec autrui juste pour lui dire qu'on n'a pas de lien autre que ce moment d'éclairage.

– Tu es bien compliqué… Je te disais juste de faire attention à tes brusqueries. Tu as trop souvent raison, c'est énervant, c'est difficile à vivre pour les autres. Tu devrais t'en rendre compte, mais je crois surtout que tu t'en fous !

Il tentait encore de revenir, avec ces mots si doucement cruels, si terriblement doux.

– Je suis brusque, non, je m'indigne, je suis misanthrope, je ne devrais pas, mais je mentirais… Je ne pense jamais avoir raison, ou du moins je ne parle pas pour cela, je m'exprime pour avoir une réponse, un échange, pas pour asséner quoi que ce soit.

– Alors c'est la forme, bien sûr, la forme n'est pas bonne, car le fond…, le fond…, tu as toujours raison !

– Voilà ! Voilà ! Ces distinctions assassines entre forme et fond ! Comme si c'était différent ! Rien de pire qu'on vous dise qu'on a raison mais qu'il faudrait le dire *autrement* ! Autrement quoi ?! Dire des horreurs avec le sourire ?! Mettre les formes ?! Non, non, je ne comprends décidément rien à cette histoire de forme. Je pense que c'est vraiment là l'échappatoire rêvée pour ne pas dire ton désaccord avec moi. Je ne te demande pas de dire que j'ai raison, surtout accompagné de *toujours*, non seulement ça ne veut rien dire, c'est faux, c'est terrible d'entendre ça, insupportable !

– Voilà ! Tu n'acceptes jamais rien. Tu seras seul, complètement, un jour.

– Pourquoi en parler ?

– Oui, je me demande, ça ne sert à rien…, ça suffit, je rentre.

Et de me quitter en faisant une de ces sorties de scène dramatisée qui laisse croire qu'il n'y aurait pas de suite, qu'il faut juste fermer le rideau, la pièce se termine sur un échec, séparation, deuil, une impossibilité de rejoindre l'autre, là, son propre fils !

Avec ma mère, c'était bien pire, parce qu'à chaque fois que nous nous voyions, rien ne s'était ressoudé entretemps comme avec nos proches. Elle était toujours aussi perspicace, sifflante et désastreusement suspicieuse. Elle reprenait toujours de là où on l'avait laissée. Oh ! Pas ouvertement, non ! Elle avait été à trop bonne école pour laisser rien paraître de sa méfiance enflée. Le péché par omission était sa spécialité. Ne rien dire et ne rien laisser paraître mais n'en point penser moins !…

– Oh ! Mon petit garçon… si tu sav…, enfin…, non, je ne peux pas…, mais enfin ! (en se parlant à elle-même et en articulant fortement à voix basse), DIRE ! BON DIEU !…

Oui, parfois elle jurait ainsi, très élégamment.

– DIRE ce qu'on doit dire !… Ce n'est pas si difficile ! Alors pourquoi ? POURQUOI je n'y arrive pas !?

Puis vers moi, avec ses yeux bleus :

– Si tu savais !…

Et de se battre la coulpe devant moi, et continuant de faire semblant de parler tout bas, alors qu'elle était parfaitement et précisément audible. Et j'avais envie de continuer sa phrase :

– Si tu savais… *comme je t'aime !...*

Mais cela ne vint jamais. Je n'obtenais que des silences d'autant plus forts et tenaces que j'avais tenté de poser une question ou d'accompagner d'un simple geste le mouvement tragique de la situation. Dès que je manifestais une quelconque présence ou désir de participer à un échange, elle se murait dans un monologue décalé, joué mais démentiel, qui m'amenait comme mon fils et bien d'autres qui le faisaient avec moi, à quitter la place sans me retourner. Aussi fortement que je tente de me souvenir, je n'ai jamais su rompre ces silences par un baiser ou la prendre dans mes bras, ou toute autre folie que des sentiments profonds auraient pu me dicter. Et elle non plus. Je sortais, fendant un air frais empli de parfum de muguet répandu dans la pièce qui m'indiquait qu'elle ne serait pas malade aujourd'hui, les odeurs étant les messagers les plus fidèles d'une pensée totalement enfouie, jamais exprimée.

Ce qui était au centre de tout cela, c'était sa méfiance, confiance disparue à jamais, et le doute, ses manœuvres d'évitement face à un être dont on ne pouvait rien tenir pour vrai. C'était moi, son fils. Et pourtant, je l'ai sauvée d'une mort atroce, agonie débutée dans un syndrome de glissement, c'est-à-dire qu'elle avait décidé de ne plus rien boire ni manger. Elle était dans un état catatonique, sa force centuplée, impossible aux infirmières de l'approcher, de la toucher, de la piquer, de lui faire aucun soin. J'eus l'idée géniale de l'asperger à distance avec une bombe d'eau thermale dans chaque main, ce qui la sauva ce jour-là d'une fin atroce, que ni elle ni personne ne mérite.

Pourquoi cette haine ? Ce n'en était pas, aurait-elle dit. Pourquoi cette défiance ? Rien, non, pas de défiance, juste une distance, aurait-elle expliqué :

– Et que je ne sais pas comment réduire ! Pour cela il faudrait être deux !

Elle aurait voulu tout voir, tout savoir, tout entendre. Elle inventait donc tout ce à quoi elle ne pouvait avoir accès, c'est-à-dire presque tout de ma vie. Elle envoyait et recevait des lettres des femmes que j'avais quittées, de longues litanies de plaintes échangées sur fond de femmes amoureuses d'un absent qui les aurait abandonnées. Mais les réponses de ma mère n'étaient faites que de questions, auxquelles l'autre répondait bien volontiers avec moult détails. Ma mère ne se contentait pas de faire effraction, elle collectionnait aussi les photos qu'on lui envoyait ou qu'elle subtilisait, chaque fois qu'elle pouvait le faire. Toutes retrouvées dans ses affaires, car j'eus l'immense privilège de récupérer tout ce qui devait être mis à la poubelle à sa mort, des dizaines de mètres cubes de boites, de sachets, de paquets et d'albums, remplis de mots, de lettres, d'articles de journaux, de photos et autres illustrations dont l'ordonnancement hurlaient ses délires. Conserver au lieu d'aimer, collectionner au lieu de chérir, accumuler à défaut d'étreindre.

Mon père lui aussi n'avait aucune confiance en moi, comme la plupart des gens que j'ai rencontrés ensuite dans ma vie. Pourquoi inspirais-je ainsi la défiance ? Dans mes moments de doute, je me pensais trop peu conforme aux normes établies, trop difficile à situer, à cerner, à comprendre. A d'autres moments, je me pensais invincible, au dessus de cette mêlée nauséabonde qui, décidément, ne comprenait rien à rien ! En même temps, je riais de moi-même, de me voir si orgueilleux et fier d'être à part, je ne me faisais pas confiance à moi-même, voilà, c'est dit : je me détestais. N'était-ce pas là les symptômes absolument parfaits de la paranoïa ? Il fallait au moins cela ! Avec mon père, il y eut un seul grand moment de grâce, une fin d'après-midi, dans son bureau empli des parfums étrangers des femmes reçues sur son divan. Comme presque tous les jours, avant le diner, le pick-up La Voix de son Maître tournait des 33 tours classiques. Ce soir-là, ce fut Tableaux d'une Exposition. Chacun enfoncé dans un grand fauteuil club en cuir qui faisait face à son bureau de ministre, la musique dans le dos. Le jour tombait peu à peu, le moment fut si beau, complet silence. Sauf au moment de l'annonce du choix du disque, mais ensuite plus rien, ni rien non plus après, ni rien jamais de ce moment exceptionnel de communion avec cet homme qui m'avait engendré et qui me transmettait dans ces minutes vertigineuses son amour de la musique, sa solitude, toutes ces heures de captivité en camp pendant lesquelles il put jouer du violon, musique qui fut un des artisans sauveurs de sa vie, comme de la mienne. La certitude de ces moments d'amour profond est telle que jamais rien ne put m'en détourner, malgré l'immensité de l'incompréhension, de la défiance, de l'abandon et des erreurs commises par chacun. Moussorgski, de plus, porte toute la fougue et le romantisme de cette Russie dont nous nous nourrissions, mine de rien, dans cette famille catholiquée de force, par nécessité d'assimilation, par vœu d'oubli des horreurs perpétrées contre la différence, contre l'étranger, contre le « pas de chez nous », comme cela s'exerce dans cette humanité désarçonnée qui cherche à rassembler ses similitudes compressées dans des origines communautarisées, pour y disparaître en tant que personne.

Cette défiance est présente entre mari et femme, qui ne sont pas amis. Ce qui m'a causé de grands chagrins. J'y croyais, avant de partager ma vie comme on dit si bêtement puisqu'on ne partage pas à proprement parler, on juxtapose, on ajoute, on côtoie, on mixe, on superpose, on arrange sa vie avec l'autre. J'y croyais si fortement que toutes celles que je rencontrais à l'Université ne pouvaient effectivement pas comprendre mon état d'esprit, de trouver un écho à mes pensées en elles et un plaisir commun au mien en leur chaleur physique. Double tentative bien naïve mais que j'ai continué de croire fondée, platonicien que j'étais, non pas platonique. Je croyais en la complémentarité, non pas en la moitié, mais en l'assemblage fusionnel porté par le symbole, aussi bien physique qu'intellectuel pour deux êtres. Hélène était étudiante en philo, cela lui donnait un air d'avance sur les autres idiotes qui me fredonnaient leurs couplets vidasses. De toutes façons, je ne voyais rien, je n'entendais rien. Je passais à côté de tout. Des *occases*, comme disaient certains potes qui, eux, juraient qu'ils ne les rataient pas ! Je n'en croyais pas un mot, ou du moins j'étais persuadé que les réveils sont maussades et bien tristes lorsqu'ils sont ceux d'une baise arrachée péniblement à une pauvre fille esseulée. Telle cette anglaise aux seins mous qui désirait tant être regardée, qui voulait plaire, ce qui est légitime. Mais pour cela, il ne faut pas proposer d'embrasser dans le train le potache qui va à Londres pour un weekend avec ses copains. La méfiance est partout de mise, elle irradie les relations humaines, partout et sans cesse. Il m'a fallu être bien âgé pour commencer à seulement le comprendre car je ne l'ai jamais accepté, moi qui aurait tant voulu avoir une amie. Et quand fut venu le temps de reconnaître qu'une amitié pourrait peut-être exister dans ma vie, c'est moi qui ai commencé à douter, me disant de nouveau qu'il n'y avait aucune raison qu'on m'aime pour moi-même et qu'il fallait que je méfie de ne pas retomber dans ces difficultés que créent des situations où chacun attend de l'autre quelque chose que ni l'un ni l'autre ne comprennent exactement. Tableau noir ? Ou encore naïf. Mais non, la plupart des couples ne se posent pas ou plus ce genre de questions et vivent comme si de rien n'était. Le semblant est l'ordinaire de leur quotidien. Ils se trompent allégrement l'un l'autre dès que cela est possible, avec d'autres hommes et d'autres femmes qui trompent aussi leurs partenaires. Rien d'intéressant pour moi là-dedans. Impuissance ? Si cela peut rassurer les Don Juan ! Grande puissance au contraire, celle d'un moine sans Dieu, non pas voué à la chasteté ni à l'abnégation ni à la pauvreté, mais à la saveur des sentiments qui auraient pu être vécus et auxquels il faut conserver toute leur saveur, malgré et dans leur absence.

Non, vraiment, la confiance n'existait pas. Ou n'existait plus. Avait-elle jamais existé ? On suppose qu'entre parents et enfants, cette fameuse foi en l'autre peut avoir un semblant de réalité, sans trahisons véritablement profondes ni définitives. Si ! L'absence totale de proximité existe bien entre des êtres nés les uns des autres, et cela peut être plus fort qu'entre des inconnus. Mais avec une femme, une amie, une épouse, une compagne, une accompagnante qui accompagne, n'en est-il pas autrement ? Non, la même chose, le même isolement, la même énorme et invisible barrière dressée on ne sait comment ni pourquoi, entre elle et moi. Je savais y être pour quelque chose, mais quoi ? Et je sentais bien qu'elle ne voulait pas, qu'elle ne croyait pas plus en moi que je ne pouvais croire en elle. Cela a-t-il un quelconque rapport avec l'amour ? Sans doute ! Avec la passion ? Aucun rapport ! On peut être passionné à en dépérir pour chaque seconde passée loin de l'être adulé et ne pas avoir une goutte, une microgoutte de confiance pour autant. C'est bien le mystère de la Foi, il faut en avoir besoin pour l'exercer, pour y croire, pour s'en nourrir. Sinon, point de salut ni d'ouverture dans ce simulacre de lien et de communion, que ce soit avec Dieu ou avec les Hommes.

Ce qui n'empêche pas de rencontrer de *grandes âmes*. Celui-là sortait de chez lui, un dimanche matin fier et clair du mois d'avril, sapé comme un ministre qui va à la Légion d'Honneur, costume sombre, impeccable, chemise blanche sans un pli, empesée de frais, chaussures noires brillantes d'un beau cuir entretenu avec maîtrise. Il sortait de chez lui, je l'attendais au bord du trottoir, accoudé au toit de ma voiture. Je l'avais connu en menant des enquêtes dans un foyer SONACOTRA, ces lieux de rassemblement de travailleurs immigrés peuplés d'hommes venus vers une France d'accueil, de promesses. Il était érudit, savant même, médecin dans son pays, employé dans une entreprise de ramassage des poubelles, et se rendait, ce jour du

Seigneur, à un repas rituel dit « familial » de son atelier maçonnique. Il m'invitait pour me *faire rencontrer des frères.*

— Ça te fera du bien, tu verras, ils sont vraiment sympas !

— OK, lui dis-je, passionné par tout ce que je ne connaissais pas, allons-y. Je viendrai te chercher chez toi à Montreuil, puisque c'est à la campagne dans le 77.

Je le vis donc sortir, si propre. Si préparé physiquement que l'intérieur du bonhomme ressemblait à cet extérieur en total dérapage avec l'entrée de la maison de cette rue de banlieue : un méchant couloir à moitié ouvert sur une cour nauséabonde que j'entrevoyais par la porte à demi-tordue. Et quand il passa, si élégant et léger, deux rats coururent entre ses pieds, sautant d'une poubelle par terre ou fuyant vers je ne sais quelle cave. A Paris, me dis-je, à Paris ! Nous prîmes ma voiture vers l'est, et après quarante-cinq minutes de routes tranquilles, nous arrivâmes au lieu du banquet. J'étais acteur dans le film de cette journée, et je ne fus pas déçu, l'accueil y fut splendide, hommes et femmes de toutes provenances, de toutes cultures, de tous âges, dans la belle maison rieuse d'un homme qui devint, avec son épouse, un de mes amis intimes. Retourné vivre en Guadeloupe. Mon africain de Montreuil s'évanouit dans le passé, il fut reconduit à la frontière par je ne sais quelle décision scélérate, des années après qu'il eut donné sa jeunesse aux services de voirie. Il avait tenté plusieurs examens pour valider ses diplômes en France, mais faute de temps pour travailler, faute de moyens, faute de confiance en lui et faute d'être regardé comme un être humain, il dut se résoudre à laisser tomber, déclassé, malheureux, marginal alors qu'il valait cent mille fois ses juges.

J'ai gardé des contacts avec ceux qui ont su trouver leur place dans la France des années soixante-dix, dont la plupart se trouvaient français de naissance car venant d'une colonie. Ce sont leurs enfants qui, à force d'être maltraités, considérés comme des immigrés, des étrangers, des non ayant droit, finirent par se radicaliser et par se revendiquer d'ailleurs. Certains même tombèrent dans l'extrémisme qui est le signe d'un grand désarroi et d'un immense besoin d'amour qui n'a pas été satisfait, ni par les Hommes ni par la religion. Mais tous ne furent pas rejetés. Tous ne furent pas atteints de la rage de se venger pour gagner un Paradis. Heureusement pour nous car ils auraient fini par nous massacrer tous. Onésime resta longtemps en France, avec sa famille, sa mère, ses quatre enfants et sa femme blanche qui était proviseur de collège. Il travailla pour un salaire de misère pendant cinquante ans, aida tous ses enfants à faire des études, maria ses deux filles et ses deux fils, se fâcha avec ses cousins, et suivit son épouse qui fut nommée dans des collèges aussi improbables que Romorantin et Mayotte ! A Kani-Kéli, j'y fus en avion pour une fin d'année, avec les miens. Un de mes meilleurs souvenirs exotiques fut un réveil à trois heures du matin pour être à l'aube à l'autre bout de l'île avec un de mes fils qui voulait pêcher dans ce lac des poissons qui ne vivent que là et dans certaines eaux d'Afrique noire. Nous revînmes avec des bouteilles en plastiques remplies de petites bêtes stupides et sans couleurs, mais la joie de mon rejeton était si grande qu'il me la communiqua. Je compris combien il est important de réaliser ce type d'exploits. D'autant que, comme avec mon père pour Moussorgski, le silence était de mise entre nous, nous nous parlions fort peu, rien de ce qui était important. Il rapporta en toute illégalité ses poissons en France et les fit se reproduire dans ses aquariums, pendant des années. Car il était très calé en poissons exotiques, ce qui est un grand mystère pour moi. Il avait fort travaillé et bien appris, pour cela. Mais ces bestioles me semblaient un monde si lointain de mes préoccupations que je ne pouvais que les regarder quelques minutes ouvrir et fermer sans bruit leurs petites bouches, ne sachant qu'en faire d'autre. A Mayotte, il y a aussi des tortues qui se reproduisent, les femelles viennent pondre sur la plage, au jour tombé. Il ne faut pas les déranger, on les devine dans la pénombre ou sous la Lune, grattant dans le sable et soufflant comme elles peuvent pour déplacer leur masse dans le sable grossier qu'elles grattent pour enfouir leur trésor. De grandes traces bizarres de chenilles géantes décorent le rivage, au matin. Elles sont retournées à l'eau. Et quand on regarde, on les voit évoluer comme des danseuses légères en dessous de soi, vers des profondeurs qui s'ouvrent en quelques mètres dès que vous vous éloignez du rivage. Dans cet océan, rien n'est semblable à nos côtes. Le soleil n'est pas le même, flamboyant orange sombre et bleu, entouré de nuages qui ont des formes nouvelles, plombés et étalés, ronds et virevoltants. La mer est d'argent et de saphir, ou d'étain fondu, de miroir ou d'acier. L'air est doux et resserré, fort en vos poumons et ouvert sur une immensité vers l'Est, et vos yeux devinent des courants mélangés entre gaz et liquide qui doivent faire de drôles d'alchimies, loin des côtes. Les bateaux eux-mêmes ne ressemblent à aucun autre. Effilées et déséquilibrées, ces fausses pirogues ont un balancier d'un seul côté, leur bord est si près de l'eau qu'on s'attend à les voir devenir sous-marin à tout instant. J'eus les mêmes frayeurs en bateau que lorsque j'étais au Sénégal dans les mangroves, trop près de l'eau, tout près, trop peu maître de la situation, voyant comme au microscope défiler les filets d'eau qui découpaient le bord improbable de mon esquif.

Les soirées commençaient par la pluie quotidienne, comme un rituel indispensable à la nature, les animaux disparaissant le temps du rafraîchissement, puis revenaient nous voir dès que c'était fini. Les makis étaient partout. Non seulement dans les bananiers, mais sur nos assiettes ! Ces lémuriens aux grands yeux jaunes et noirs nous fixaient bien droit, assis sur une branche ou sur le dos d'une chaise, à portée de main. Ils dérobaient tout ce qu'ils pouvaient. Du moins les moins farouches, les jeunes se contentant de venir voir de loin tous les matins au petit déjeuner ce que nous avions sur la table. Ils croisent leurs jambes longues comme celles d'un coureur sous leur menton et nous regardent, ne cessent pas de nous regarder. Puis sans raison se tournent brusquement et attrapent un fruit dans l'arbre ou sautent dans un autre pour rechercher leur pitance. Car ils ne font que cela, apparemment : manger et regarder. Ils mangent aussi des fleurs mais cela est plus difficile à observer. Près des restaurants sur les plages du sud de l'île, les makis attendent, sur les barrières en bois de la propriété, qu'on leur apporte des fruits, bananes dont ils raffolent et qu'ils mangent très proprement. Plus sympathiques que les singes, et surtout moins dangereux. Car les singes attaquent et mordent. Je marchais au bord d'une route au Sri Lanka, à l'époque où le tourisme était peu connu dans cette grande île. Une troupe de macaques à toque qui ont comme une couronne sur la tête, passait dans les fourrés et les buissons non loin de moi, comme souvent, comme tous les jours, comme partout, car il y en a partout. Je me tourne vers la droite, avec mon Nikon F2S que je tenais agrippé. Pendant toutes ces années de voyage, j'ai shooté des milliers de diapositives Ektachrome, me prenant pour un grand reporter. Le boitier était monté avec du 105 millimètres, un bel objectif prolongé par une bague antireflet, presque aussi longue que lui. Au même instant, un gros mâle sort du buisson, me fait face, se précipite vers moi, la gueule ouverte avec ses babines retroussées laissant voir ses dents, le chef de troupe, sans doute. Je déclenchais, sans penser à autre chose, puis lui asénais à la suite un coup sur la tronche de bas en haut, un uppercut. Mon appareil résista, et comme il était bien relié à moi et tenu fermement par ma main droite, le singe n'en demanda pas plus et fit demi-tour avant de pouvoir m'atteindre. Mais le contrecoup me fit si mal au poignet que je dus renoncer à porter mon appareil pendant deux jours. La photo est belle, si je la retrouve, je vous la montrerai.

Il ne faut pas aller si loin pour voir des animaux sauvages de près, ni dans les zoos. Il suffisait d'aller chez un amoureux des poissons et des serpents, des anémones de mer et des araignées aussi, non loin de

Saint-Malo. Il avait la passion de ces animaux répartis aux trois étages de sa maison, à Saint-Servan. Jean Grivet était violoniste comme mon père et ils travaillaient ensemble pour préparer les quatuors ou les quintettes qui se réunissaient chez nous. Ce biologiste réputé me reçut plusieurs fois et me montra des curiosités en vrai, les horreurs de la nature : des serpents à sonnette tout petits qui avalent un poussin d'un jour, bien jaune et mignon, après l'avoir étouffé de deux tours de serrage, des alligators ne faisant qu'une bouchée de cadavres puants de hamsters spécialement élevés et laissés pourrir, un mamba se précipitant vers vous si fortement qu'il s'assomme sur la double vitre de son vivarium. Jean avait recréé l'atmosphère des tropiques dans sa maison bretonne en granit qui était l'ancien bazar de ses parents. Son système pour échanger des serpents avec ses correspondants biologistes dans le monde était presque parfait : la bête bien nourrie, –poussin oblige, on est tranquille pour deux semaines–, est placée dans une chaussette recouverte d'une deuxième, puis d'une autre et encore une autre en alternant l'ouverture. Que de la laine, pour respirer. Le boudin ainsi constitué de serpents souvent très dangereux et venimeux est emballé dans une boite déclarée en douanes *Chaussettes*, et envoyée comme cadeau dans un lointain pays, vers la destination d'un vivarium ou d'un collectionneur. Il en recevait par le même chemin. Femme et enfants de Jean se sont sauvés vivre ailleurs. Mais ce Monsieur a laissé son nom à l'aquarium de Saint-Malo qu'il avait installé dans l'épaisseur des remparts et pour lequel il travailla toute sa vie, en découvrant entre autres la possibilité d'élever et de nourrir des anémones de mer en captivité, impossible avant lui. Il avait non seulement la passion du monde de l'eau salée mais aussi celle des arachnides, scorpions, araignées, opilions, mygales géantes nourries de souriceaux. Une salle du grand aquarium construit hors-les-murs porte son nom.

L'amour des animaux va souvent de pair avec un éloignement des humains. Ma voisine d'en face, de l'autre côté de la dernière rue que j'ai habitée, nourrissait les pigeons tous les jours, malgré les fortes interdictions des autorités qui, en ces années 2040, chassaient terriblement les bactéries mortelles trimbalées par tous les animaux des villes, qu'ils volent ou qu'ils rampent. Un matin que je lui disais, tranquillement, par la fenêtre, qu'il fallait qu'elle arrête de faire cela, d'autant que les plaintes fusaient de toutes part dans mon immeuble, elle me dit simplement, presque sans me regarder :

– Mais… les pigeons…, ils étaient là avant nous !

Ce qui était imparable. Elle ne parlait plus à ses voisins, passait la tête juste pour appeler ses chers pigeons, comme des enfants qu'on prie gentiment de rentrer à la maison. Pathétique. Sa méfiance avait sans doute grandi peu à peu, pour devenir son état permanent, transparent, sa base d'être. Cette confiance disparue, on la constate aussi toute proche lorsque les questions d'argent, d'héritage, de possession, de partage font jaillir les failles, les fossés, les crevasses que l'on connaissait mais qu'on ne voyait pas. Je suis parti aussi pour cela parce qu'il n'est pas sain de continuer à vivre dans un système de relations devenues purement artificielles, ou du moins maintenues à flot seulement par habitude de ne pas montrer aux autres ce que l'on pense, combien on souffre. Nous avions voulu quand j'étais jeune rompre avec cela, revoir le monde entier, décider de la naissance de notre an 01. C'était à la sortie de l'hiver, quand les étudiants dans les facs commencent à se poser des questions sur le temps qu'il leur reste pour réussir leur année et valider leurs examens. Chaque année, quelques remous semblaient pouvoir stopper la vie universitaire, et permettre aux revendications encore cette année-là d'aboutir. Deux semaines passèrent très vite, la Sorbonne ne suivit pas Nanterre. Le mois de mars nous enchaîna à des journées de grève que nous suivîmes et auxquelles souscrivaient l'immense majorité des enseignants. Nous n'aimions pas le président mais nous respections ces hommes politiques comme nous aurions respecté nos ancêtres, des ancêtres pour lesquels nous n'aurions eu aucun sentiment, juste du respect. Pourquoi ? La question vint nous frapper au front, fortement, et la réponse fut qu'en fait ils n'étaient ni notre famille, ni dignes d'aucun respect et qu'ils se moquaient trop bien de nous tous. Nous nous méfiions aussi des socialistes bon ton qui nous traitaient de gauchistes, nous qui ne faisions en fait de politique qu'essayer de faire respecter quelques valeurs fondamentales : la République démocratique et ses slogans, le rejet de l'extrême-droite qui possédait quelques places fortes comme Assas. Il ne fallait jamais y aller sans s'y faire inviter par un étudiant du cru, et encore fallait-il choisir lequel, sinon vous deviez être casqué et armé d'au moins une trique. J'étais tellement non violent que toutes ces histoires qui ne me concernaient pas, je les avais vécues sur un écran parfois de très près, dans les manifs. Le gouvernement, avec son ministre de l'Intérieur, décida de *reprendre la Sorbonne*, ce qui déclencha quelques jours plus tard, avec les premières fraîcheurs de printemps, le regroupement des étudiants, de tous les étudiants, y compris ceux et celles qui restaient chez eux, habituellement plus ou moins empêchés par leurs parents de prendre le risque de se trouver dans la rue face aux forces de l'ordre et aux *casseurs*. Le quartier était noir de monde. Les CRS levèrent le camp peu de temps après, semblant respecter ainsi la très ancienne impunité de l'université française. Nous occupâmes les lieux, jour et nuit, de peur que le pouvoir ne changeât d'avis. L'arrêt de tout le pays fut progressif mais continu, sans à-coup, un peu chaque jour, une usine ici, un grand magasin, toute une ville, une région, les citoyens se trouvaient dans la rue, déambulaient en se parlant, en échangeant sur la situation, sur leur attente d'un monde meilleur, plus éclairé, plus fraternel, un monde à vivre. Nous étions désignés gauchistes utopistes. Mais il n'y avait pas que nous, il y avait des milliers de gens très bourgeois qui découvraient la liberté, la parole, la confiance directe dans l'inconnu croisé au Luxembourg, boulevard Saint-Michel, ou place de l'Odéon, et aussi à Toulouse, Marseille, Rennes ou Lille, dans les petites villes et les villages où ça causait partout, où ça entrait en grève générale partout. Les radios les plus suspectes à nos yeux, telle Europe 1, évoluaient vers la tentation de la liberté de parler et nous pouvions écouter des reportages de rue transmis par radiotéléphone dont les fréquences étaient encore autorisées. Nous connaissions, du moins à Paris, les lieux des événements, en direct. En avril, je passais beaucoup de temps entre mon appartement de la rue de Vaugirard non loin de la rue de Rennes et la Sorbonne où je rencontrai la cellule qui captait les messages radios de l'armée et de la police. Les chars au pont de Sèvres. Cette nouvelle dont nous ne savions pas si elle était vraie ou fausse fut parmi les cordons de Bickford auxquels le feu fut mis instantanément. J'enregistrais aussi les radios qui diffusaient les reportages de manifs sur le vif avec moult commentaires du journaliste pris dans les gaz lacrymogènes. Du côté de mon appartement, je divorçais d'avec la première femme que j'avais épousée précipitamment pour, comme elle-même, échapper à ma famille. Du côté de l'université, je divorçais d'avec mes parents et les valeurs surannées de mon enfance. Ces ruptures ne me donnèrent aucune amertume, au contraire j'étais joyeux, j'étais amoureux d'une jeune philosophe, je roulais en Isetta, une bizarre auto improbable, verte comme une grenouille avec une grosse porte bombée devant, à laquelle était attaché un petit volant monté sur cardan. Le moteur, celui de la moto BMW 500cc, était derrière le siège de trois places de front, au-dessus d'une double roue de scooter. J'ai adoré cette trottinette dénommée pot de yaourt avec laquelle j'ai parcouru l'Europe et campé dans les Alpes. Ma philosophe et une tente pour deux. Avec nos amis, nous étions très libres, pas libérés, libres.

Le début du mois de mai fut étonnant de lumière et de paix. Les rues étaient emplies de piétons, de promeneurs, surtout en fin de matinée et l'après-midi, pour redevenir bruyantes et barricadées les soirées et les nuits. J'ai très bien senti, après être allé une fois de plus au théâtre de l'Odéon qui était grand ouvert, ce que Renault-Barrault payèrent cher ensuite, que la soirée de ce vendredi allait être particulière. Les CRS se regroupaient en grand nombre dans le quartier, sans bruit mais massivement, à grand renfort de cars stationnés autour du Luxembourg, rue Soufflot, boulevard Saint-Michel. Les cars disparurent, les CRS restèrent. Je rentrai chez moi rue de Vaugirard pour prendre mon casque de mobylette et je revins vers le Luco par la rue de Médicis. A la fontaine de la place Edmond Rostand qui débordait de mousse de savon crachée par un monstre sympathique mais baveux, je vis que le passage vers la rue Gay-Lussac était presque totalement barré par un cordon de CRS. Je filai vers la rue Royer-Collard d'où je courus jusqu'à Gay-Lussac, me trouvant déjà derrière une première barricade qui se trouvait au tout début de la rue. Beaucoup de monde, beaucoup de jeunes, beaucoup de gens du quartier, descendus bras dessus, bras dessous et qui remontaient la rue. Il était environ vingt-trois heures. Comme tous les jours, c'était l'heure de ma naissance, je me sentais fatigué pendant dix minutes, puis, si je passais ce cap, je pouvais, du moins à cet âge, passer la nuit blanche. Quelques étudiants avaient commencé de démanteler le pavage à coup de barres à mine, comme d'habitude. Ils semblaient mieux organisés, pas ouvertement en concertation mais avec une détermination évidente. Je faisais partie des passifs, qui allaient et venaient, d'un trottoir à l'autre, découvrant et profitant, là encore, de la *plage* sous les pavés, ce sable des rues de Paris qui nous faisait rêver à une vie débarrassée de toute asphalte, de ce goudron qui nous collait aux basques et qui empoisonnait l'air de notre jeunesse. Je marchai vers le haut de la rue où se dressait plusieurs barricades espacées de quelques dizaines de mètres, fabriquées de bric-à-brac, mobilier, rares grilles d'arbre qui restaient encore dans le quartier, voitures placées en travers, poubelles, fatras de toutes sortes de matériaux hétéroclites. La suite est connue, je l'ai vécue comme un scénario écrit pour moi. Des bassines d'eau déversées par les fenêtres par les bourgeois des étages pour effacer les effets des bombes lacrymogènes, des encouragements de toute la rue malgré les autos en feu et les barricades étincelantes dans la nuit qui risquaient d'incendier les immeubles, le vacarme des coups, des pierres, des pavés, des charges de CRS, les courses de retraite des manifestants. Nous nous tenions à deux barricades en arrière du front, sachant que tôt ou tard, il faudrait s'enfuir. Il fallut du temps pour arriver jusqu'au coin de la rue d'Ulm, la résistance était tenace puisqu'il était presque quatre heures du matin. Il y avait une cabine téléphonique sur le trottoir de gauche, en montant, juste avant d'arriver au coin. Pourquoi ais-je téléphoné à mon père, Trinité 47-07, je ne sais pourquoi. Je le réveillai. Je dis :

— Tu sais, il se passe des choses cette nuit !

— Oui, comme chaque jour depuis des semaines ! Où es-tu ?

— Près de Normale sup.

Car je croyais encore qu'une telle référence serait de nature à le réveiller tout à fait, ou du moins à éveiller son attention. Mais il raccrocha rapidement après avoir ajouté :

– Je me lève tôt ! A demain !

Il assurait les urgences dans son hôpital et ses cliniques. Mais je n'acceptai pas que lui qui m'avait raconté *sa* manif, la manif de sa vie le 6 février 34 contre les fachos à la Concorde, que ce même homme dorme quand son fils faisait la révolution.

Il était temps de me mettre à l'abri, beaucoup des copains avaient disparu en se sauvant par les rues du carrefour, en descendant vers les Gobelins. Je n'avais plus que la rue des Feuillantines où, le jour naissant, je m'aperçus qu'elle était barrée par les flics au carrefour avec la rue Saint Jacques. Déjà. Je connaissais le 9 de la rue pour aller souvent dans la chambre du rez-de-chaussée qui appartenait à un de mes cothurnes en philo, Michel. Nous y écoutions Janis Joplin et Miles Davis sur nos vinyles, en révisant Aristote et Nietzsche. Il était excellent dessinateur, quelqu'un comme une addition de Sempé et Reiser, un génie du trait et de l'humour. Sa mère était juive et militante du PC. Son père, schizophrène. Tout cela fonctionnait bien. Il avait l'obsession des *petites poulettes* avec des gros seins, comme dans les bandes dessinées de Robert Crumb. Mais il n'était pas là, volets fermés. Je m'engouffrai au numéro 11 et montait rapidement les étages. La porte du 2e se ferma devant moi, celle du 3e, derrière. J'entrai dans un grand salon où étaient déjà assis par terre des dizaines de silencieux et de silencieuses, fatigués, trempés, muets d'attente. Notre hôte nous fit : « Chut ! » et dans la foulée, nous entendîmes frapper à la porte puis courir dans les escaliers, vers le haut. Des CRS coursaient les fugitifs. Nous étions à l'abri. Peu à peu, dans la pénombre éclairée par les réverbères de la rue, j'aperçus dans un fauteuil une vieille dame assise en contre-jour, la mère sans doute. Nous restâmes tranquilles pendant de longues minutes. Puis, tout doucement, notre hôte et deux ou trois personnes se levèrent et apportèrent de la cuisine des cafés dans des verres, des tasses, des gobelets, un truc chaud bien sucré. Vers six heures, toujours sans paroles, nous sortîmes peu à peu et je me retrouvai dans la rue, au jour. Gay-Lussac était méconnaissable, une rue d'émeute comme dans les films et les journaux. Comme sur les photos pour faire peur. Je descendis vers le Luco. Pas un CRS en vue. Peut-être des civils, certainement même, mais cela m'importait peu. En dessous du carrefour avec la rue Saint Jacques, du côté droit, un reporter au fort accent américain faisait face à une grosse caméra surmontée d'un petit projo : « Millions of dollars damaged... » baragouinait-il. Plus bas, je rencontrai ma clocharde préférée, celle qui m'avait parlé un matin de barricades sur le boul'Mich', cette nuit où les platanes avaient tous été tronçonnés, quelques semaines auparavant et qui m'avait dit :

– Il porte bien son nom, hein ! Con bandit, il s'appelle ! Con bandit ! Ca lui va bien, non ?!

Comme j'avais un magnétophone à cassette sur moi, et que j'avais enregistré les déclarations d'un chef de CRS qui voulaient mitrailler les manifestants : « ...une 12.7 en batterie dans l'axe du boulevard, ça leur apprendrait à nous faire chier, tous ces petits cons !... », je garde la voix de cette femme avisée qui faisait de l'humour tous les jours dans sa rue *envahie par les mécréants*. Je n'ai jamais rencontré Cohn-Bendit et il ne faisait pas partie de mes cercles universitaires. Nous n'en parlions pas tant que cela. Mes fréquentations allaient des trotskistes aux maoïstes, par amitiés de lycée plus que par conviction. Je n'acceptai d'ailleurs jamais d'entrer dans aucun groupuscule ni parti politique, ne pouvant admettre d'être inféodé et d'avoir à choisir un clan de western. Ma vie n'a jamais été envahie, si elle m'a jamais appartenu. Et c'est pourquoi il y a un temps pour tout. Pour vivre, pour se souvenir, pour partir, pour parler.

Avec nos amis, nous étions libres, nous vivions ensemble, pas échangistes, en fraternité réelle. Christian Dente était le directeur du théâtre Daniel Sorano, à Vincennes où Hélène, ma philosophe, prenait des cours. Nous étions amis avec lui et sa compagne. Il me prêta sa 2CV bleue car mon Isetta était en panne, quand je lui dis que je voulais aller à Berlin Est passer le rideau de fer et voir de l'autre côté. On pouvait le faire par la route depuis la France. Hélène ne vint pas avec moi, je ne sais plus pourquoi, sans doute parce que nous étions déjà un peu éloignés l'un de l'autre. Je parti seul. J'ai traversé l'Allemagne en passant par la Bavière, Munich et ses tavernes, je buvais de la bière et adorais les charcuteries tiédasses servies par de grandes blondes qui portaient dans chaque pogne jusqu'à dix chopes d'un litre. J'ai passé le rideau de fer entre l'Allemagne de l'Ouest et l'Allemagne de l'Est en remontant vers Berlin avec interdiction de sortir de l'autoroute. J'ai repassé le rideau en arrivant dans l'ex-capitale du Reich. Débauche de publicités, de magasins, de lumières, jusqu'au mur et ses barbelés, ses miradors et ses grands panneaux de propagande, ses podiums dressés pour *voir de l'autre côté.* Et checkpoint Charlie encombré d'antichars, barbelés, herses et chicanes. Je me pointe avec ma 2CV bleue, on roule au pas. Je m'engage dans un couloir bordé de barrières et de barbelés, qui serpente dans un no man's land d'opérette. Une guérite sur ma gauche, à la hauteur d'une barrière qui me parut surdimensionnée. Une vitre avec un rideau gris, et soudain, entre le bas du rideau et le guichet, une main au bout d'un bras en uniforme sort pour me demander mon passeport. Aucun visage, juste cette main gantée et ce bout de bras mécanique qui avale mon document officiel. On me fait signe d'avancer. Cela va durer presque une heure. Miroirs roulants passés sous le châssis de ma voiture, fouille détaillée du moindre recoin, en m'enjoignant de rester assis au volant, moteur stoppé, puis on me demande de m'asseoir à l'arrière, pour fouiller devant. Moteur, roues, ailes, réservoir, tout est sondé, inspecté, analysé. J'avance de nouveau dans la chicane. On me rendra mes papiers avec un tampon illisible et l'autorisation pour la journée de circuler à Berlin Est mais interdiction de sortir de la ville. Je ne remarquai que les ruines et les constructions tristes d'après-guerre qui avaient le mérite d'avoir permis de reloger les sans-abris des derniers moments du régime nazi. Je revins de Berlin par le même chemin qui me parut plus court, quoique l'inspection dura bien davantage à la recherche de probables fugitifs. Ce n'était plus un spectacle pour touristes de l'Ouest, je voyais les photos des martyrs mitraillés en tentant de franchir les barbelés. Depuis ces années, bien des événements se sont produits et un musée s'est ouvert à l'emplacement même de l'ancien checkpoint. J'y ai trouvé, peu de temps après la libération du 9 novembre 1989, un morceau du mur démoli qui avait été peint par un artiste et que je chargeai dans mon coffre malgré son poids. C'est un des plus beaux héritages que j'ai laissé à mes enfants, qui pourront le casser encore en plus petits morceaux, histoire de montrer que les murs ne sont faits que pour être détruits.

De retour à Paris, l'année 1969 a été ponctuée par mon divorce devant les tribunaux, par mon échec à l'agrégation de Philo que je ne présentai qu'une fois, ayant découvert sur le tard que si j'étais fait comme beaucoup pour les honneurs, je l'étais peu pour entrer dans le rang d'une telle conformation. Le garçon avec qui je révisais était très sérieux. Il travaillait de huit heures du matin à huit heures du soir, rue Saint Jacques dans son petit appartement de deux pièces. Sa femme, car il était marié, était photographe c'est-à-dire qu'elle avait trouvé un travail dans un labo pour développer des photos à la chaîne. Elle faisait vivre le ménage. Je venais quand j'étais prêt, pour travailler avec lui. Je me rendais compte qu'il était plus érudit que moi et que je perdais beaucoup de temps et d'énergie à me poser des questions sur les concepts des philosophes que nous avions au programme. Il fut reçu du premier coup. Ce qui était un exploit compte-tenu du pourcentage de réussites, surtout au premier concours. Il fut nommé dès la rentrée suivante au lycée de Saint-Servan, un hasard, ville que je connaissais bien, et dont la tour Solidor sur le port m'a toujours passionné. Il me raconta qu'il était entré dans la cour du lycée, passant entre deux haies de professeurs et d'élèves qui l'ont applaudi. Un enterrement de première classe ou presque, cela me servit de prétexte pour ne pas continuer. Je révisai quand même encore une année car l'étude me plaisait fort mais je n'allai point me présenter aux épreuves. Je fis de même les deux années suivantes avec les études de médecine alors que j'étais inscrit en fac de psycho clinique. J'y découvris un monde étonnant, des professeurs débridés, des fous, des penseurs, des filles en mal de psycho, des mères en mal de maris pour leurs filles et une secrétaire au deuxième étage, celui où tout se décidait et qui tomba amoureuse. Elle était étudiante et pouvait accorder ses heures de présence au secrétariat de l'unité avec les horaires de ses cours. Nous partîmes en vacances ensemble sur des bateaux à voile en Bretagne, affrétées par des psychiatres, des psychologues et psychanalystes, que du très beau monde, très drôle, très libre mais beaucoup moins que moi, dans la réalité. Je veux dire qu'ils étaient dans les normes. Ce qui m'a étonné, c'est la distance entre leurs déclarations et leur mode de vie, leurs discussions et leurs pratiques quotidiennes. J'avais tenté une « *étude de la sexualité dans les groupes révolutionnaires* » pour un certificat de sociologie en menant des interviews non directifs enregistrés auprès de militants des groupuscules gauchistes. Que des témoignages de garçons en train de recréer le monde pendant que d'autres baisaient et que les filles libérées faisaient la vaisselle et le ménage ! C'est sans doute aussi pour cela que je ne suis pas devenu membre d'un de ces groupes ni d'aucun parti, surtout pas de ceux qui parlent du socialisme en ayant oublié qu'il s'agit de désigner ainsi l'état ultime d'un communisme qui aurait réussi. Mais qu'est-ce que le communisme, madame, si ce n'est le stalinisme !? J'avais la réponse. La collectivisation des biens et des outils de production, mais pas des marchandises ni des biens de consommation. Ma brosse à dent est bien la mienne. A quelles conditions ? Les conditions du communisme n'ont jamais été réunies nulle part. Pas en 1968 en tout cas, car le niveau de conscience collectif n'a pas atteint le seuil critique. Les voyages avec ma troupe de psy furent délicieux. J'y ai connu et aimé bien des gens qui étaient d'une grande valeur. J'ai beaucoup appris, j'ai vécu. J'ai aimé, j'ai laissé des femmes : trouver mon double, mon amie. Mais que pouvez-vous répondre lorsqu'au nom de la liberté sexuelle, on vous dit : « Tous les spermes ne se ressemblent pas, il y en a certains qui sont plus sucrés que d'autres ! ». Ce n'était pas pour moi un problème moral, ni culturel, ni a fortiori religieux, c'était indicible : cela était pervers, tentait de me rendre complice d'un échange, d'un échangisme qui ne me concernait pas, moi qui n'ait eu qu'un amour à la singulière. Jamais de maîtresse, pas d'amants. Une de ces femmes habitait à Rouen où j'allais en auto, route vers Paris le matin pour travailler, route le soir pour la retrouver dans son taudis près de la gare. Elle me dit :

– Tu devrais essayer un mec, une fois, ça te ferait du bien, crois-moi !

– Je n'en ai pas vraiment envie ! Ou si cela devait se faire, c'est que je l'aimerais !

– Tu es décidément vraiment très petit bourgeois ! Moi, j'ai eu, avant de t'aimer, des mill..., des cent... d'amants, je connais les hommes à fond, et des femmes, comme Marie, tu sais, la peintre, ma Marie à moi... Et j'ai fait une fille avec un mec de passage, dans la rue, une enfant de la révolution ! Il fallait que ce soit – ça ne pouvait être – qu'avec n'importe qui ! Je la voyais ainsi s'enfoncer peu à peu dans le passé, zoom arrière sur l'utopie, vieillissement d'idées même pas nées. Elle me noircissait mes livres avec ses annotations, un Bettelheim méconnaissable, les Blessures symboliques, et de la poésie, et bien d'autres, Nietzsche, oui ! les valeurs bourgeoises je les avais sans doute empruntées. J'avais été élevé avec des principes toujours discutables mais bien utiles. Un après-midi que nous étions ensemble dans son nouveau galetas de Paris du côté de la Porte Saint-Denis, nous venions de faire l'amour avec une grande *sympathie* l'un pour l'autre quand la porte fut enfoncée brusquement par un grand gaillard qui nous trouva nus par terre sur le matelas au milieu des chats, le bébé non loin. Il me toisa de toute sa hauteur, elle lui dit :

– De quoi peux-tu être fâché ? Tu sais que je l'aime. Et je t'ai aimé aussi. Vous pouvez faire connaissance maintenant.

Nous en restâmes là, je m'habillai et sortis, ratant l'une des occasions de me retrouver nu près d'un autre garçon. Mais cette évocation elle-même, si elle ne me choque pas du tout, ne me concerne pas, elle n'est que pensée, évocation, fantasme, elle n'a aucune réalité sensible autre que l'attrait pour un corps sans nom, sans amour, sans intérêt pour moi. Oui ! Il est si vrai que le sexe n'est pas rapport à l'Autre ! Je suis un bourgeois, elle me l'a répété tant et tant qu'elle finit par se marier avec un autre qui accepta d'élever sa fille. J'ai aimé ce que m'a appris cette jeune femme brune, puissante, mystérieuse, aux yeux noirs comme un charbon d'encens enflammé secrètement qui est brûlant sans que cela se voit, mais auquel on se brûle, c'est certain. J'ai aimé qu'elle m'aide à me choisir un peu plus comme je suis. Elle souriait toujours :

– Oui Nemo, c'est normal, tu es comme ça... tu es marrant... tu es vraiment pas possible ! Mais on t'aime, Nemo, ça, on t'aime !

Et de rire encore, à s'esclaffer, mon surnom lui plaisait tant !

La mémoire revient aux vieux, mais aussi, j'en atteste, aux morts qui revivent tout sans difficulté. C'est ce qui m'est arrivé. Je voudrais tant avoir en tête autre chose que des histoires de rencontre, d'amour, d'échange, de rupture, je voudrais tant que ma vie soit une œuvre en tant que telle, affichable, épinglable, encadrable. Mais rien de cela, il faut en passer par les fourches caudines et accepter de se soumettre au récit le plus fidèle possible de ce qui reste un des grands mystères de nos vies. Je continuai donc de chercher à aimer, puisqu'apparemment j'avais moins de difficulté à être aimé qu'à aimer moi-même. J'ai déjà dit : de difficulté à m'aimer moi-même et je ne veux pas y revenir, c'est une évidence pour tous ! Ne vous posez pas de questions, c'est là qu'il faut chercher la racine de tous vos maux. Donc il me fallait trouver à aimer. Pas à être jaloux, pas à vouloir posséder, pas à ne pas partager avec un autre mâle une femme désirante, non, rien de tout cela n'était correct : il me fallait aimer. Désespéré par tant d'années d'enfance, de solitude absolue, je dus passer encore bien des épreuves initiatiques.

Elle était la femme d'un psychanalyste –encore !?–. Oui, un psychanalyste connu dans le milieu. Closerie… des Lilas ! Totalement ravagé par la manie de tout décortiquer en permanence à chaque seconde, jour et nuit, avec de petits rires crispés et sarcastiques qui ne laissaient la place à aucun commentaire. Ils avaient un petit garçon, encore bébé et une petite fille, déjà très atteinte. Des enfants de psy. Non, ce n'est pas si facile ni si drôle à dire, c'est juste très réel : les enfants de psy font partie de l'effectif qui permet à ces monstres de se repaître de leur thérapie interminable. Des dévoreurs d'autrui. Je ne l'ai pas vue venir, elle ressemblait trop à ma mère, tout en ayant la culture de la partie enfouie de mes ancêtres qui avaient immigré et qui en étaient morts assassinés. Je ne raconterai pas cela ici car ce n'est pas une partie de mes mémoires, mais un autre monde qui doit être abordé par ailleurs, du dehors et non du dedans. Il en est ainsi de toutes les grandes douleurs inexplicables et de tous les silences qu'aucun souffle d'air frais ne peut apaiser. Donc je tombai dans les filets d'une femme de psychanalyste mariée, deux enfants, alors que je travaillais pour *gagner ma vie* et poursuivre mes études comme je pouvais. Cela m'était rendu possible grâce à une des directrices de la FNAC, monument créé par des annoncés trotskystes, au retour de la guerre, pour ouvrir un commerce équitable à ses clients et dévolu à ses employés. Un miracle de grand magasin, la consommation autorisée à tous. L'aide de cette nouvelle rencontre me fut si précieuse qu'elle devint mon amie, comme une mère mais pas vraiment, en fait mieux que cela, une confidente qui comprenait tout et n'écoutait, apparemment, rien. Elle avait fait la guerre d'Espagne aux côtés de son amoureux, un gaillard révolutionnaire qui mourut en 1969 des suites de ses problèmes pulmonaires. Il avait été résistant, torturé, puis malade de toutes sortes de choses, notamment des poumons. Il avait fait partie du POUM, le Partido Obrero de Unificacion Marxista, le Parti Ouvrier d'Unification Marxiste de la quatrième internationale. Ces gens-là étaient amis avec les surréalistes, Breton entre autres, aux obsèques de qui je me rendis en septembre 1966, au cimetière des Batignolles. Un tract bordé de noir, perdu comme marque-page quelque part dans ma bibliothèque, circulait dans les rangs de la foule attristée : « André Breton est mort, Aragon est vivant, c'est un double malheur pour la pensée honnête ! » et on ne vit pas Aragon. Je passai quelques jours dans leur maison dans les Alpes du sud, avec mon Hélène que je revoyais mais qui me reprochait tout, d'un air mutin. Je revins à Paris pour découvrir que mon petit scorpion aux cheveux orange s'était réfugiée chez moi, au prétexte que son mari la battait et qu'il menaçait de jeter les enfants par la fenêtre si elle ne venait plus en partouse psychanalysante avec lui. Je sus beaucoup plus tard, trop tard, que cette femme était paranoïaque, moi qui ne croyais ni à la différence entre normal et pathologique, ni à la différence entre masculin et féminin *sauf à quelques détails près*, ni à l'inégalité des intellects, ni à l'impossibilité d'établir un lien avec certains êtres humains. J'ai mis si longtemps à comprendre qu'il en est qui ne vous correspondent en *rien*. Je faisais déjà partie à cette époque et je dois dire que je le suis resté jusqu'à ma mort, de ceux qui pensent qu'il est toujours possible de lier quelque chose, de trouver un pont ou d'en construire au moins un, y compris dans les régions totalement bombardées, sur des fleuves en furie ! Elle, qui reste dans ma mémoire comme la lettre A inachevée, donc sans la barre du milieu, juste deux traits écartés, Λ, écartelés, pour la nommer. Λ me mit le grapin dessus, c'est vulgaire, c'est ainsi. Elle m'enfourcha. Elle fut la femme la plus comédienne, la plus menteuse et la plus démente que j'ai rencontrée. Elle passa six années à me tromper sur tout, jusqu'au cataclysme final et à exercer la profession unique et magnifique de simulatrice. Elle s'en est nourrie et repue, j'ai failli en crever, y compris devant les tribunaux. Car ce qu'elle reprochait à son mari, tout ce qui était sans doute réel et consenti dans leurs relations dangereuses, elle voulut me le faire porter pour se venger d'avoir raté mon appropriation et la perte de son seul amant valable, le précédent, père de ses enfants. Le petit garçon mourut d'un coma du nourrisson et la petite fille vécut sans doute, mais je ne sus jamais ce qu'elle était devenue, ce qui fut un grand chagrin pour moi, car c'était le seul être, dans cet ensemble diabolique, que j'ai aimé vraiment. On alla jusqu'à me menacer d'un procès pour tentative de viol sur la personne de ce petit enfant, à quoi je dus répondre pour ma défense que si je devais me retrouver devant un tel tribunal, je ferai en sorte de tuer tout le monde avant de me suicider en public. La plainte fut retirée, et l'affaire classée sans suite malgré quelques tentatives de menaces ultérieures, de nouveau. On peut laver le cerveau d'une enfant sans aucune difficulté, surtout si cela est fait par l'un de ses parents, dans ces âges où la personne est en développement et en goût de tout savoir et de tout comprendre, dans l'amour partagé. Le monstre Λ me menait une vie infernale sans que je m'en rende compte. Je dois dire que j'étais consentant, puisque je croyais être seul responsable de mon état. En fait, je bouclais mon adolescence en pensant que me retrouver dans l'ambiance familiale, sécurité physique, bouffe, gîte, dimanches au repos, rituels familiaux huilés, et être aimé, devait me convenir. Le bourgeois, le petit bourgeois avait rattrapé le grand. Je me consumais, je me niais, je voulais de nouveau comme à treize ans, comme à vingt ans, mourir. Elle me le demanda, expressément, dès qu'elle comprit que j'allais lui échapper. Toutes les nuits, elle me réveillait, très précisément à trois heures du matin, le pire moment pour une interruption du sommeil, et me disait doucement, précisément, la voix bien assurée :

— Tu n'as qu'une solution, une seule solution, te suicider.

Cela dura presque trois mois après un retour de voyage aux îles Maldives au cours duquel elle fit une bouffée délirante que j'ai consignée dans mon journal de l'époque pour bien m'en souvenir. Ce que je faisais pour tous les événements qui me paraissaient de nouveau, après une période d'oubli de ma propre personnalité, anormaux. Je les écrivais dans des cahiers que j'ai conservés avec la date et l'heure pour pouvoir y croire longtemps après. Car la mémoire est trompeuse, elle affirme parfois des choses reconstruites, inventées, travesties, totalement transformées ou déplacées sur d'autres personnes que les originelles. Un après-midi au réveil d'une sieste dans la case de luxe de notre hôtel de luxe de l'Océan indien, Λ me dit :

– Ah ! Bonjour, monsieur ! Vous m'apportez mon petit-déjeuner !? Qu'y a-t-il de bon à manger, des œufs ? Pas du sang de steaks pressés, hein ! J'en veux pas, j'en veux plus de ces cochonneries-là, surtout que du cochon, j'en mange pas…

Avec une voix de toute petite fille. Un vrai délire qui parlait quand même de ce que faisait sa propre mère quand elle était enfant : lui faire boire à elle et à ses autres enfants du sang obtenu en pressant des steaks de cheval. Cela se faisait dans les planques de la zone libre et puis surtout dans les années après guerre. Je lui dis simplement :

– Mais c'est moi ! Tu vois, c'est moi.

Rien n'y fit, elle ne me reconnaissait pas. Je fouillai dans son sac de toilette, car je savais qu'elle prenait des cachets, je ne savais pas lesquels, je n'ai jamais fouillé aucun sac de femme. Aucune femme ne le croit : un homme qui ne fouille pas le sac de sa femme, cela existe. Voici une pensée sexiste, bien inégalitaire : certaines femmes adorent fouiller dans les affaires de leur mari. Voilà, j'aurai dit ce dont j'ai été témoin : "ces" femmes sont des sorcières, "elles savent" sans savoir, "elles ont compris" sans paroles, elles ressentent la trame des choses sans la toucher. Je regardai dans son sac. J'y trouvai du Valium. Je lui en fis avaler deux, presque de force, en me disant qu'au moins, cela la ferait dormir. Que pouvais-je faire à mille mille de tout hôpital occidental et à une journée de bateau tape-cul de la capitale de ce foutu pays enchanté ?! Le miracle chimique se produisit à son réveil le lendemain midi, elle sembla en pleine forme :

– Mon chéri, j'ai bien dormi ! Quelle belle journée, viens, on va se baigner !

Ma détestation à son comble, je sortais des affres de millions d'heures de questions, que vais-je faire, que dois-je dire ou ne pas dire, faut-il appeler un médecin, la rapatrier… Elle voulut se baigner, avoir du sexe dans l'eau. Moi, je n'étais pas moi-même depuis si longtemps que j'ai du vivre toutes ces journées de vacances dans un brouillard total où seul le souvenir d'une personne que j'aurais aimée me permit de supporter de me jouer à moi-même la comédie jusqu'au retour en France, pour ne pas fuir sur le champ. Le Devoir était mon guide de toutes façons, c'était bien une partie de mon éducation qui me tenait. Je décidai de lui parler :

– Tu as eu des problèmes, aux Maldives !

Je délirais à l'intérieur. Le mal des douves, le mal d'endive, le mal d'Yvette, le bal sur Yvette, la dive du cul, bref le mal partout, quoi !

– Oui, je sais, cela ne date pas d'aujourd'hui, tu sais !

– Ah !?...

– Oui, je dois me faire soigner, je vais le faire.

Mot tombé par terre. Soin. Se faire du soin à soi. En sortir. Sa voix avait totalement changé, elle était celle d'une femme normale, aimante et amicale, très proche de mon idéal d'amitié, d'entente. Sans doute simulait-elle encore cette fois-là. Elle me dit qu'elle se ferait suivre, me fit des révélations insensées, qu'elle n'était pas psychanalyste, qu'elle n'avait jamais fait d'études, qu'elle avait toujours menti à tout le monde, que mentir lui faisait un tel plaisir qu'elle ne pouvait s'en passer, que l'École

Freudienne et le Quatrième Groupe[3] où elle allait à des séances de contrôle et des échanges entre praticiens, n'avaient jamais découvert ses supercheries. Certains la croyaient même médecin, ce qu'elle n'avait pas démenti clairement. Elle commença et poursuivit pendant plus d'un an une psychanalyse fort onéreuse avec un homme que le hasard me fit revoir trente ans plus tard. Lorsque je lui ai rappelé le nom de sa patiente de l'époque, il me dit qu'il n'avait jamais eu cette femme en thérapie. Je ne l'ai pas cru sur le moment, mais à la réflexion, il est évident qu'elle n'avait fait que détourner l'argent et passer du temps ailleurs, je ne sais où, deux à trois fois par semaine. Un matin, l'employée qui était à notre service, à son service, une jeune femme fort *délurée*, vint me voir :

– Monsieur, je dois vous donner ma démission. A cause de Madame. Je ne peux plus cacher ses mensonges.

– Que se passe-t-il, Edwige ?

– Madame vous ment trop, Monsieur. Vous partez souvent plusieurs jours pour vos conférences, et son amie Marion vient l'heure d'après, elle rapplique à la maison, je leur sers le petit-déjeuner au lit, tous les matins... (elle pleure)

– Mais Marion est une très bonne amie !...

– Non, monsieur, elles ont un plan contre vous. Tout vous prendre ! Au début, j'étais dans la combine, mais maintenant, je veux plus, je pars, non, je veux pas...

---

[3] *Ainsi nommé parce qu'il était le 4ᵉ des groupes de réflexion, de formation et de travail dans le champ de la psychanalyse des années 70, avec François Périer.*

Et Edwige courut prendre ses affaires et disparut.. En fait, elles avaient toutes couché ensemble et c'était une histoire de jalousies trop ordinaires, ce qui ruina un témoignage pourtant fort intéressant pour ma simple sauvegarde. Pas reluisant, et surtout, totalement inintéressant. Pathétique.

Λ me mena ainsi une vie d'enfer jusqu'à ce que je décide de partir. Elle attendait ce moment, ayant prévenu un serrurier qu'il devrait venir en urgence pour réparer « sa porte fracturée la nuit », mensonge bien en place. Les serrures furent changées dans les deux heures après mon départ, ce dont je m'aperçus très vite car dans ma fuite j'avais oublié tout simplement ce qui était vital pour moi et que, malgré mon retour dans les trois heures, je ne pus jamais récupérer. Jamais. Je me suis retrouvé dans la rue avec ce que j'avais sur moi, rien d'autre : un pantalon, une chemise, un pull, un imper, mes papiers, quelques dollars. Pas de chéquier, pas de dossiers, pas de carnet d'adresses, pas d'agenda. Je ne pouvais plus travailler, ni téléphoner, ni rien. Mais j'étais parti, libre. Crime de lèse-majesté contre une femme qui n'ét*ait surtout pas mon genre* – en pensant à ce que Swan dit d'Odette de Crécy qu'il voit passer en rêve [4] –, qui me fit des procès retentissants où j'ai perdu tout ce qui est matériel, ce que j'avais réussi à amasser en trente-cinq ans de vie et dix ans de travail trop acharné. Mais je lui dois d'avoir découvert que, dénué de tout sauf des oripeaux de ma classe sociale, je suis devenu heureux d'un coup ! Dans la rue, donc chez les rares

---

[4] *« Dire que j'ai gâché des années de ma vie […] pour une femme qui ne me plaisait pas, qui n'était pas mon genre ! » Marcel Proust, Du côté de chez Swann, Un amour de Swann. Paris, Gallimard (1947) page 269.*

amis qui voulurent bien croire à mon affaire. Car la plupart se rangèrent à sa version : un abandon de la vie conjugale pour une maîtresse dont je serais tombé fou amoureux, un vaudeville qui lui enlevait mes revenus grassouillets, un salaud qui laisse tomber la femme qui l'aime, qui a elle-même tout quitté pour lui ! Et ça marche très bien, tout le monde s'entend sur le dos du salopard. Les juges aussi, les *affaires* matrimoniales comme ils disent.

— Donnez-moi le nom d'une seule femme, me dit la juge, et je vous attribue les enfants…

— Mais Madame, je ne peux pas vous en donner.

— Bon, puisque vous ne comprenez pas la situation, je suis désolée, parce que ce que vous dites concernant l'incapacité de votre épouse à gérer sa vie, je dois considérer que des enfants en bas âge sont toujours mieux avec la mère. Et puis… ce serait mauvais pour elle, cela risquerait de la déstabiliser encore davantage !

Voilà comment sont traités les pères, le droit ne s'intéresse qu'à leur solvabilité, la chose paternelle n'existant pas devant le sacro-saint amour maternel. Un combat que j'ai voulu gagner pas seulement pour moi. Pour tous les pères malheureux qu'on nie, qu'on rejette, qu'on *mante-religieuse*.

Dans ces moments de grande détresse, un signal vous parvient depuis la côte, un phare clignote de l'œil. Ce fut comme le Rosebud de Citizen Kane, je vois la petite lumière bleu-vert du pick-up de mon père, ce La Voix de Son Maître qui diffusait depuis son unique haut-parleur toilé les premiers sanglots musicaux de ma jeunesse[5]. Je suis mort en écoutant la Passion selon Saint-Jean. *Eli, lama, lama, lama sabachthani…* L'écho du silence.

---

[5] *« La musique, système d'adieux, évoque une physique dont le point de départ ne serait pas les atomes, mais les larmes. » Émil Cioran. Syllogismes de l'amertume. Paris : Gallimard.*

CHAPITRE 3

Je voulais être aimé, j'aurais fait le tour du monde sur les mains pour sentir que quelqu'un m'aimait, peu importe où, j'irais. De l'autre côté, je veux dire à l'extérieur de moi, il y avait une jeune fille bien comme il faut, bien élevée, catholique de belle famille que je connaissais pour avoir peu à peu fait sa rencontre, au fil des jours et des semaines, dans la même station balnéaire où nous allions chaque année, à chaque vacances puisque mes parents y avaient leur belle villa vue imprenable, descente directe et privée à la plage.

Nous n'avions pas dix-huit ans – à cette époque on était majeur à vingt et un – et je n'avais pas encore mon permis de conduire qui fut passé trois semaines après mon anniversaire, conquête divine de liberté de mes mouvements. Depuis que le vieux Solex sur le porte-bagage duquel je promenais ma fiancée avait rendu son âme toussoteuse, j'avais une mobylette obtenue grâce à de bons résultats scolaires et surtout grâce à la reconnaissance éternelle d'un opéré du cancer du larynx qui voulait témoigner à mon père le chirurgien qu'il pouvait, lui aussi, faire des miracles. Car il était vendeur de motobécanes d'occasion. J'eus une bleue à fourche télescopique à l'avant, mais dure comme l'asphalte à l'arrière. Cette précision pour qu'on comprenne pourquoi la petite valise en aluminium que je préférais à toute autre pour trimbaler mes affaires, fut défoncée, le métal coupé, découpé, troué par le porte bagage auquel elle était sanglée par des sandows aux élastiques fort tendus. Car comme ma petite amie était partie garder les enfants d'une famille amie de sa famille, des gens très biens, sur la côte d'azur, je décidai de partir de Bretagne pour la rejoindre sans lui dire ni le dire à personne. L'année précédente, mon copain de collège de Rennes m'avait invité à voyager en Hollande, découverte superbe du pays des paysages peints et des scènes de vie étalées en fresques, du musée Van Gogh et des canaux, des maisons que j'ai tant affectionnées. J'ai terminé ma vie à Amsterdam, au numéro 1, Lauriergracht, juste au coin de Prinsengracht. Mon immeuble était de MDCCX, j'y vécus si bien, je faisais corps avec ce siècle.

Nous avions roulé pour l'île de Texel, avec lui et un autre pote. Sa mère veuve et riche de plusieurs petits appartements, ça se loue mieux, lui avait payé une Panhard coupé, voiture déjà rare dès sa sortie car personne n'en voulait, trop basse d'habitacle, à bord de laquelle nous partîmes avec la bénédiction paternelle. Je renouvelai donc une demande d'invitation auprès de mon copain le rennais. Je savais qu'il allait avec sa chérie en Allemagne sans aucune intention de m'emmener, et nous fîmes un échange d'alibis pour nos parents. Il me servirait de couverture auprès de mon père et réciproquement, moi auprès de sa mère. Pour trois semaines !

Le premier jour j'étais censé faire les soixante-quinze kilomètres entre la maison familiale et Rennes, y laisser ma mobylette dans leur garage et partir en Allemagne, sans autre possibilité que des cartes postales pour donner signe de vie, à cette époque. Le téléphone ? Plutôt cher et il fallait trouver cabine et pièces dans la monnaie du pays ou bien faire la queue à la poste. Ce qui me mit en route, ce qui me fit courir, ce n'était pas l'amour, en tout cas, pas la passion pour une jeune fille pourtant fraîche et mignonne. Je courais après moi-même, une performance avec moi-même, me sentir seul sur les routes, humer le vent de la vitesse, sentir les caresses de la liberté, la légèreté de l'éloignement. Le soir même, je fus à Angoulême, quatre-cent kilomètres dans la même journée. Tard le soir, j'avisai un square toujours ouvert. Je dormis sur un banc, non loin de plusieurs clochards qui ne posèrent aucune question. J'avais fait ces kilomètres par jets successifs, une heure et demi à rouler, un quart d'heure de repos pour la machine et pour moi, une nouvelle heure et demie sans s'arrêter. Je ne courais pas après quelqu'un, je fuyais le nord, la

Picardie, Paris, la Bretagne, toutes mes attaches devenues si frêles. A cinquante à l'heure, on roule vite et tout à la fois on a bien le temps de voir, et de sentir l'air, au long de ces routes nationales avec leurs platanes et leurs petits carrefours. Et aussi leurs accidents nombreux, autos dans les fossés, crevaisons et carambolages. Prudence avec les camions qui vous happent dans leur sillage, il faut bien tenir le guidon et ralentir un peu. Les clodos m'ont laissé tranquille mais le matin ils me causent, ce que je fais là, pourquoi un garçon comme moi je ne vais pas à l'hôtel. Je repars car j'ai décidé, carte de France pliée dans une poche, que je serai à Carcassonne ce soir. Cela les fait bien rire ! pourquoi courir ? Ah ! Il doit avoir quelqu'un... ? Une plutôt !... Allez, file sur ton engin ! Et le soir j'étais dans la ville fortifiée de Carcassonne, fatigué mais heureux d'être déjà si loin de tout et de tous. Et n'avoir pas à rendre compte, n'avoir personne à qui dire où on est, ce que l'on fait. Fuguer. Comme la musique qui était mon seul recours, à Paris. Mon évasion, c'est stupide et sans doute très scandaleux par rapport au véritable enfermement que subissent les prisonniers. C'était bien fort et bien réel, je poussais l'horizon de toutes mes forces, et je pissais dans les fossés en essayant d'arroser les moucherons. La chambre fut partagée avec plusieurs jeunes qui devaient se connaître, j'avais trouvé une auberge de jeunesse dans les murs, après une conversation étonnante avec la vendeuse d'un magasin de souvenirs et cartes postales. Je m'en écris une à moi-même puis me ravisai pour ne pas fournir des preuves évidentes de mon détour et de mes mensonges. Depuis une cabine téléphonique, j'en fis un très facilement pour dire à ma mère qui avait décroché que nous étions en Alsace et qu'après la frontière, je ne pourrai sans doute plus appeler si facilement et donc pas souvent. J'avais préparé ce coup de fil en regardant sur un guide et sur une carte, et trouvé deux noms de villages typiques de la belle région viticole. Eguisheim et Riquewihr. Un gros mensonge énorme à la mesure du décor des maisons repeintes et fleuries pour les touristes. Je voyais les remparts de Carcassonne, et les cloches, et les senteurs du sud-ouest, et les petits restos, et ma découverte de la puissance de ces villes qui dominaient jadis la campagne environnante autant pour la protéger que pour s'en défendre. Car les régions grandes ouvertes sur le passage des envahisseurs, qu'ils viennent du sud ou d'ailleurs, ont gardé un air mutin. J'en faisais autant, mais moi je ne fis que passer. Pas même pour conquérir la vendeuse de cartes qui aurait voulu que je restasse un peu. Je comprenais ces choses toujours trop tard, quand elles, elles avaient déjà pigé depuis longtemps, et de toutes façons, mon envie était à la hauteur de ma peur. J'étais puceau, pas vraiment bien sûr, mais fondamentalement. Je croyais en la virginité des êtres, en l'absolu candeur des relations. Je croyais qu'il y avait toujours possibilité de jeter un pont entre moi et l'autre, quel qu'il soit. Beaucoup plus tard, j'ai fini par comprendre que c'était totalement faux. Certains êtres humains sont à mille lieues de vous comme vous l'êtes d'eux et aucun pontife n'y pourrait rien. Alors, au lieu de me jeter dans la fabrication de ponts, je payai ma nuitée le soir avant de m'endormir.

Ma troisième journée de mobylette fut, depuis l'aurore, pour arriver assez tôt à Bandol dans l'après-midi. Elle m'avait laissé le numéro de téléphone de la maison où elle travaillait jour et nuit pendant que les parents allaient de leur côté, elle s'occupait de deux garnements tout le temps.

Une femme me répondit, ce n'était pas elle, qu'elle « rentrerait en fin d'après-midi… plage… bain des enfants… » Une effluve nauséabonde, un danger soudain m'envahit. Je n'étais pas le bienvenu. Ma jeune amie était là pour bosser, pas pour se distraire avec un garçon. Quel garçon ? Qui est ce garçon qui a appelé ? Il rappellera vers dix-neuf heures. Je m'étais faufilé entre les mots du court échange téléphonique pour ne pas laisser mon nom. Je savais qu'il y avait un téléphone direct entre les deux pères de famille et un autre téléphone direct entre les deux mères de famille, ces clans des grandes bourgeoisies du Nord où l'on veille sur sa prolifique progéniture engendrée au milieu des prières quotidiennes. Il me fallut attendre presque trois heures. Avec cet envahissant sentiment intense de danger. A sept heures et huit minutes, pour ne pas éveiller l'attention sur une heure trop précise, je décidai de rappeler. Elle me répondit directement, fort heureusement, je sentis bien qu'elle n'était pas seule et qu'on venait de lui dire : « C'est certainement pour toi ! ».

– Je suis à Bandol…

– Tu es… (et à voix plus basse) … Tu es fou !…

Puis un silence trop lourd.

– Tu es fou ! Je ne peux rien faire… Non, je ne peux pas !…

– Mais il n'y a aucun problème, je peux attendre, je ne suis pas pressé…

Ces phrases terribles qui commencent par le déni de la réalité simple et crue, telle qu'elle est : il y avait un big problème, je n'avais pas envie d'attendre ! Et j'ai dit ça : je peux attendre alors que j'aurais du me lever, ne rien dire du tout et partir pour ne plus revenir, reprendre la route.

– Peut-être demain, demain après-midi... je suis en congé...

Ah ! bon, et en congé, elle ne peut pas être libre avant l'après-midi ?! Ah ! C'est dimanche, il y a donc la messe et le déjeuner et je ne sais quoi encore, qui fait que tout traîne misérablement entre des personnes qui n'ont rien à se dire, seulement à attendre le soir, vivement lundi !

– Tu pourras demain après-midi ?

– Oui, peut-être... Disons... Quatre heures et demi. Tu viens ici.

J'avais l'adresse sur les courriers enflammés qu'elle m'envoyait.

– Ici ?

– Oui, je serai seule, pendant deux heures.

Ils devaient aller quelque part en visite, sans elle. Elle avait échafaudé tout cela très vite pour trouver le moyen de me recevoir, comme on dit.

– A demain !

– Oui... demain...

Elle raccrocha vivement.

Me voici à Bandol, sans rien à faire, dans un lieu stupide,

pour une raison stupide et parmi des foules d'inconnus qui m'importunent. Ils ont l'air stupide, je suis stupide, pourquoi me suis-je arrêté là, j'aurais du continuer vers l'Italie, descendre, aller jusqu'en Grèce visiter les dieux et les statues de mon enfance… J'aurai dû aller jusqu'à une vraie côte, pas la mer d'azur, la pire des côtes. Je m'en veux tellement ! Comme souvent. Je ne suis ni ici, ni ailleurs, je ne suis plus en vacances dans ma maison de famille, je ne suis plus avec une copine, je ne suis plus avec personne. J'erre dans les rues de Bandol, me demandant où je vais dormir ce soir. Il me reste un peu d'argent, quelques francs, de quoi diner. ça, je sais faire, j'aime manger. Je ne devrais pas. Rien ne remplace rien. A défaut de boire, je me bourre comme ça, c'est ridicule, malsain. Je sais tout. J'ai une folle envie de partir, mais maintenant j'ai un rendez-vous et si je n'y vais pas, cela sera entendu soit comme une rupture, soit comme la meilleure idée que j'ai jamais eue pour la tirer de ce mauvais pas dans laquelle je l'ai mise en venant la voir. Toute la famille va savoir qu'un garçon lui a téléphoné, et retéléphoné. Et qu'elle le croise l'après-midi de son dimanche. Qui est ce garçon ? Sans doute encore le même, ce fils de famille qui est si fantasque et peu conforme, parfois inquiétant. Mais ça ne durera pas.

Le lendemain, après une nuit passée sur un petit morceau caché de plage où deux couples vinrent successivement s'installer pour faire l'amour jusqu'à ce qu'ils découvrent dans la pénombre que j'étais là, je passai ma matinée dans un café. Cafés sur cafés, et aussi une glace, au café bien entendu. Et des farcis pour déjeuner, ces drôles de fleurs jaunes remplies de senteurs et d'épices. Avec une petite bière. J'avais encore mes habitudes prises en Hollande, sauf que la bière blanche est mille fois meilleure que les pressions des bars de la Côte d'Azur. Puis j'allai la voir. Elle si jolie, fraîche, un portrait d'Outamaro, corrigé à la mode picarde. Sa peau douce et ses petits baisers. Elle me reçut dans sa chambre, sur son lit où elle s'allongea en maillot de bain une pièce, rayé bleu et rouge. Les bonnets faisaient de petites vallées car ses seins ne les remplissaient pas. Les femmes font peur aux garçons trop stupides pour n'avoir pas eu un père qui leur parle en face. Comme moi. Je ne savais rien de rien, rien de ce qu'elle savait déjà, elle, car elle avait séjourné comme jeune fille au pair dans une famille de la haute bourgeoisie italienne à Rimini. Elle m'avait écrit que le père de famille l'aimait beaucoup et était très gentil avec elle, ainsi qu'un cousin plus âgé que l'oncle de sa mère par alliance. Il lui avait présenté un garçon d'une famille d'industriels très riches qui l'avait invitée à danser deux soirs de suite. Elle était aussi invitée au bal des débutantes à l'automne prochain. Le pire de la relation humaine, les machines à marier ! Que faisais-je là à écouter ces choses insipides, bourgeoises comme dans les gravures de Gavarni, si bêtes à en pleurer ! Une autre fois, j'avais eu l'honneur de recevoir une photo prise lors d'une party, toujours à Rimini, où elle apparaît en train de se relever, la main droite recoiffant sa mèche vers la gauche, à demi accroupie les jambes serrées, portant une jupe de ville et un corsage un peu ouvert. Un garçon est à sa gauche, allongé dans l'herbe, en pantalon et chemise blanche ouverte largement. La scène évoque un flirt qui vient d'avoir lieu, on sent encore la douceur coupable des baisers échangés. Elle s'y trouvait belle et c'est pourquoi elle me l'offrit. Plus tard elle me dit qu'effectivement, elle avait flirté avec ce type qui voulait l'épouser et qu'elle aurait pu le faire. Nous nous sommes mariés quatre ans plus tard, elle pour s'évader de son carcan familial, moi pour faire comme tout le monde, en cela semblable à mes grands-pères qui avaient abdiqué tous les deux et de différentes façons leurs originalités, leurs goûts, leurs folies réciproques, leurs identités.

Je suis reparti, après les récits de ma bien-aimée, sur ma mobylette. J'étais ridicule. Elle était contente. Elle considérait mon escapade comme un exploit. Cela valait tous les Rimini du monde, pour elle qui poussait comme une belle plante dans des milieux exclusivement conformes à la norme. Non qu'elle ne connaisse pas le mensonge par omission, ce mensonge sacré tant utilisé par ses coreligionnaires, si pratique, si peu invasif, si facile à confesser, si partagé par tous les êtres du même clan. Omission de tout, omission jusqu'à oublier les avortements clandestins pratiqués à grand renfort de milliers de francs par les cliniques ou les cabinets privés du 16e arrondissement. Heureusement je n'en suis pas passé par là avec elle, c'est tant mieux, surtout pour elle. Pour moi, cela signifiait à cette époque une vigilance absolue, comme dit Saint Thomas qui demandait que l'acte de chair soit fait avec la femme en « considérant la sanie qu'elle serait » – lorsqu'elle serait morte ! – de penser que le corps dans la toile de bure percée de trous n'est qu'un futur cadavre et rien d'autre ! Et là, pour moi, d'avoir à penser à ne pas faire ce que l'on fait tout en le faisant, afin de stopper au bon moment, juste avant le vrai bon moment, du moins pour un garçon ! Et à se retirer, laissant le couple sauvagement crucifié dans son désir de rencontre et de fusion. L'esprit et le corps meurent peu à peu à ce régime là, cela crée des pays entiers de frustrés, de laissés-pour-compte et d'éjaculateurs précoces. Ou bien de garçons et de filles qui se croient impuissants, ne sachant pas, car ne pouvant pas l'apprendre, que la jouissance est impossible lorsque chaque centimètre de votre peau est attaché à un boulet qui vous empêche de vous envoler. Pire encore sont les conséquences politiques de telles sociétés répressives : elles constituent les fondations de tous les fascismes, de toutes les croyances en la rédemption par la pureté. De là à me traiter de dévergondé, le pas fut largement franchi, mais peu m'importait.

Même certains amis proches me disaient : « Tu aimes vraiment beaucoup les femmes, d'ailleurs tu…, enfin…, tu en as beaucoup ! » Je ne sais comment ils ont pu croire à cela. Ce qu'ils me disaient,… il fallait entendre qu'on est un baiseur. Juste pour baiser. Comprends pas.

« Justement, » disait l'un d'entre eux, « tu ne comprends pas, c'est ça qui les attire, ta candeur, en fait ce que tu fais croire, car en fait… ! Elles raffolent de ça ». Comprends pas, vous dis-je, si éloigné de moi, je n'en ai rien à dire. Il s'agit de leur projection perverse d'un désir sans cesse repoussé, inassouvi, renvoyé à la fois du côté du péché et à la fois sur le versant de la conquête, ce qui n'a jamais eu de sens pour moi. L'absurde et la solitude totale, ce qu'il faut penser que l'autre pense pour faire ce qu'il ou elle attend de vous !? Je lisais Nietzsche pour me sortir de là et aussi Reich[6], bien entendu.

Dans le ciel, il y a des cerfs-volants, gros corps noirs et

---

[6] *Wilhelm REICH, mort en prison le 3 novembre 1957 à Lewisburg, Pennsylvanie, Etats-Unis.*

rouges qui vrombissent, et encore et encore. Qui font ce bruit terrifiant et précis des voiles portées par un vent vengeur, les dieux et les âmes de morts qui s'envolent, qui laissent partir les corps, puisque les corps habitent les âmes et non l'inverse, n'est-ce pas ?! Et lorsque l'Amour, celui qui n'a ni queue ni tête mais seulement un long serpent de désir, celui qui n'est ni devant ni derrière mais partout dedans et dehors de vous, lorsque cette passion n'est plus, comme après avoir barricadé la porte et cloué la planche sur la façade pour empêcher la tempête d'entrer, lorsque le vent de l'amour n'est plus, alors ton chien a la rage, tout va de travers, tu risques de te tordre le pied à chaque pas, à chaque sanglot, à chaque hésitation pour tenter quelque chose, tu n'existes plus que face à toi-même. L'Amour est-il parti ailleurs, non il a disparu, il s'est évanoui sans laisser une trace, sans goût, sans souvenir, sans rien que la bile que tu te fais pour respirer encore un peu. Puis le jour s'ouvre, tu es seul. La porte et la fenêtre peuvent s'ouvrir, non pour laisser entrer quiconque, mais pour voir un peu dehors. Pour prendre l'air. Au moindre bruit, tu refermes car tu ne veux pas être blessé par un morceau de flèche qui se serait égaré, qui aurait été perdu tandis que l'Amour s'enfuyait. Il se peut même qu'il soit tout près, caché ici derrière le mur de la maison voisine, mais tu n'as aucun droit de propriété. Le partage ne t'a donné aucune possession, ne t'a permis aucun engendrement, tu as seulement senti, au cœur de tout, que tu vivais, tu te souviens que tu as vécu, et tu vis encore, autrement, autre part, et seul. Peu à peu tu sais que tu vas aménager ta vie pour poursuivre quelque chose qui n'est pas grand chose, ne pas être aimé et ne pas aimer étant les deux plus grands malheurs fondus en un seul, le plus grand accident qui puisse jamais t'arriver. Tu connais l'abandon, non plus pour le subir comme lorsque tu étais enfant, mais pour en être à la fois l'assassin et l'assassiné, et aussi l'assassinant car tu ne sais plus pourquoi, ni comment, ni où cela est advenu, où cela est passé, où cela s'est passé, quand cela s'est passé. Tu l'as donc fait, tu es au cœur, transpercé bien sûr. Tu as agi cette passion qui t'a passionné et qui t'a ôté tout agir. De toutes façons, même si tu croisais cet Amour, si cela était possible d'en voir le fantôme, tu ne le reconnaitrais pas, il ne te serait plus rien, il n'est plus rien, tu n'es plus rien. Ou du moins, tu n'es plus rien que toi-même. C'est là le seul pilier qui demeure, le seul anneau qui tienne au quai, c'est ton départ, de là où il te faut repartir. Et quoi que tu fasses, quoi que tu dises, quoi que tu montres, l'anneau ne tient que toi, ne tient qu'à toi, ne croche que ton poteau, autour c'est l'eau infinie peuplée de silence total. Au moindre bruit le ridicule de l'écho te fait ravaler toute tentative de parler, de montrer, de demander, d'exister. Ce qui t'arrive n'est rien. Aussi grave que cela ne représente rien pour personne d'autre que toi. Silence dans l'azur, disait l'autre, qui ne croyait pas si bien dire !

Le goût d'accident, je l'ai rencontré maintes fois, aussi bien enfant que plus tard. Aussi bien lorsqu'une voiture se met à glisser doucement d'abord puis de plus en plus vite à cause du verglas dans une grande descente sur une grande route nationale parcourue de camions et d'autres autos, que lorsqu'un cycliste vient, au détour d'un virage de campagne, s'encastrer sous les roues de la voiture familiale. Même pas le temps de voir à quoi tout cela ressemble, ni la route, ni la neige, ni le fossé ni le type à vélo, quelle tête avait-il ? La petite boite en fer qui était dans ma poche s'est retrouvée totalement tordue, a traversé le tissus et m'a blessé à la cuisse. Quelle idée aussi de trimbaler tous ces trucs dans des boiboites en ferraille ! J'ai mal mais on voit juste très peu de sang sur mon pantalon, on se demande donc d'où il peut venir ? Le goût du ratage, c'est aussi lorsque le sujet de l'examen est tout sauf ce qu'il aurait fallu. Trop tard ! Ou lorsque le carrefour est passé, la gare est dépassée, le rendez-vous est manqué, l'avion est parti sans moi. Ce genre de choses n'arrive pas souvent et on peut dire qu'il y a toujours une interprétation possible, un faisceau de faits qui ont précédé et qui, sans en être les causes, pourrait permettre de comprendre ce qui ne s'est pas déroulé correctement. Trop tard comme la grenouille exécutée au bord du chemin par des galopins qui l'ont fait griller pour voir, et dont la mort calcinée est irrémédiable. Comme toute disparition, même si le corps est toujours présent. C'est pourquoi les cimetières sont vraiment inutiles. Les radeaux lancés sur le fleuve pour l'incinération sont un beau moment de souvenir, je n'ai pas eu cette chance puisque nos pays sont habitués aux chambres mortuaires automatisées, mais tout de même, la crémation est un retour propre et rapide à l'univers, à une dispersion de l'assemblage précédent qui s'appelait Moi. Mon âme a laissé partir les liens qui l'enserraient, les cellules attenantes qui se nourrissaient les unes des autres, et le mystère demeure. Il est beau, il est sans bord, sans pont, sans limite.

Ainsi ai-je failli être un assemblage heureux, un être humain complet, au service de chaînes d'hôtels de luxe sur la planète, tout ça parce que mon père avait connu, dans un de ses camps d'internement, en captivité pendant la seconde guerre mondiale, le directeur d'un des plus grands hôtels de luxe que Paris protège dans ses quartiers vides aux grands immeubles sculptés de pierre blanche. Banalité, dirait-on si on s'y arrêtait, d'un homme qui n'avait pas de fils, aucun enfant sur qui capitaliser ses souhaits, ses désirs, ses vœux, ses protections, ses conquêtes, ses relations et sa grande connaissance d'un milieu très coloré : la grande hôtellerie. Je ne sais plus comment j'ai fait un premier séjour, pendant mes vacances scolaires, comme groom, dans ce palace. J'étais assis toute la journée sur un banc de velours calé près d'une des baies du hall d'entrée, non loin du bureau de ce directeur paternel qui me regardait et me souriait à chaque fois qu'il repassait de son bureau dans l'espace public de la conciergerie. Pouvoir extrême des préposés à recevoir des hôtes fortunés et protection totale du dernier des rouages de cette mécanique huilée, je me trouvais à la croisée de deux mondes dont je pouvais toucher les extrêmes contradictions. Le concierge en chef, – président des Clefs d'Or, l'association de tous les grands concierges des plus grands hôtels du monde –, était un seigneur en jaquette de drap gris à col rouge, fermée d'un bouton doré sur un faux-col dur blanc immaculé. Mes couleurs étaient les mêmes mais moi, j'étais en veste longue avec des boutons partout devant et sur les manches, et en pantalon sombre à bandes lustrées sur le côté. Des gants blancs pour tout le monde, quoiqu'il arrivât. Madame Giorgio de Chirico me faisait appeler dans sa suite au deuxième étage pour que je vienne chercher son carlin et le promener dans l'avenue Montaigne. Je recevais une gratification énorme à chaque sortie, qu'il me fallait bien vite remettre dans une boite placée sous le comptoir de la conciergerie et dont l'important contenu était partagé entre les employés. J'en reçus une très faible part, mais peu importait, cela me passionnait d'être dans ce cinéma permanent. Je portai le repas du déjeuner à Marlène Dietrich qui me recevait en robe de chambre, les volets baissés, dans son appartement feutré dont je voyais, presqu'en face, l'immeuble depuis mon banc de groom. Et je suis retourné aux séances annuelles qui m'étaient réservées, une première année groom, une seconde année chasseur, une troisième assistant concierge de nuit. Chasseur avec des courses les moins intéressantes, cet emploi étant réservé à de vieux routards chevronnés qui ne me parlaient que peu et connaissaient tous les ressorts des bons plans. Ils étaient, je crois, quatre, et tous apparemment, très contents de leur sort. Ils me paraissaient âgés, s'accrochaient à leur emploi si convoité, non pas tant pour la fiche de paye mensuelle que pour les pourboires astronomiques qui leur étaient donnés pour une course ou une autre, pour un service évident ou pour une recherche impossible, pour porter un paquet comme pour trouver le cadeau à remettre en main propre à la superbe conquête de leur client fortuné. Puis j'ai connu les nuits de ce Plaza. Avec son grand hall déserté, parfois secoué de vagues d'entrées et de sorties, surtout de retours tonitruants au petit matin tandis que le préposé au polissage quotidien du sol en marbre avait écarté le grand tapis rond et passait sa machine. Ces clients fous, éméchés, hors du monde des vivants ordinaires, qui passaient accompagnés de femmes, de petits copains ou de toutes sortes d'humains ou d'animaux étonnants, se retrouvaient souvent à terre après avoir glissé sur le marbre fraîchement poli, en faisant des moulinets de tous leurs bras disponibles. Souvent ils riaient, ou ils se plaignaient, nous allions ramasser ces pauvres hères comme des loques qu'il fallait considérer porcelaines précieuses. Mais nous n'avions pas même envie de nous moquer ou de refuser notre aide, cela faisait partie de notre nouvelle nature : les servir. C'est ainsi qu'un fils d'émir dont la consonance du nom fut synonyme, quelques années plus tard, des très grandes souffrance dans l'horreur des guerres qu'a du subir son pays, quittait chaque soir sa suite du palace pour se rendre en Cadillac aux Champs-Élysées, accompagné de ses mignons, fort moches au demeurant mais sans doute très cochons. Son arrivée dans le hall était annoncée par son attaché qui descendait voir le concierge. Branle-bas de la sécurité, gardes en civil dans les couloirs et sur le trottoir, portière de sa limousine avancée au droit de la porte tambour que manoeuvrait un huissier à la lourde chaîne d'argent. Sa fiche faisait état des noms et prénoms de ses accompagnants, femmes comme hommes, et nous connaissions exactement ses goûts, ses marques de cigarettes et de cigares, nous tenions à jour le degré de cuisson de ses viandes, informations complétées sur les indications du maître d'hôtel. Ainsi que toute une série d'informations disparates qui le concernaient. Secret professionnel oblige, renseigner un journaliste aurait été une très grave faute, punie sans délai par le renvoi et par une production de menaces choisies, point n'était besoin de le préciser. Parfois une récente recrue, femme d'étage, groom ou autre, disparaissait d'une heure à l'autre sans jamais plus reparaître. Petite faute, petite plainte, petit défaut, bref un grain de sable dans cette perfection huilée était immédiatement éjecté du système, ainsi nettoyé. Je n'y suis pas revenu alors que ma place était déjà faite, je n'avais qu'un mot à dire. L'univers du luxe est comme une plage où la mer monte : plus aucune trace lorsque l'eau se retire. Tout est neuf, rien ne vieilli, tout commence sans cesse, tout est neuf, pour vous seul.

Une petite phrase, musique de nuit, me revenait souvent :
« Tu n'as qu'une solution, te suicider ». Net, précis, tout
doux à l'oreille, pas du tout violent comme on pourrait le
croire. La solution finale, le bonheur, quoi. Cette promesse
de partir pour la bonne cause, pas du tout se sacrifier. Ce
prix payé pour être enfin tranquille, à sa place. Une seule
solution, la joie de le savoir, de le comprendre, d'en être
imprégné, comme huilé, un onguent bénéfique et subtil.
Une facilité, tellement simple, une voie. C'est pourquoi je
m'y suis décidé. C'est ainsi que je me suis dispersé à jamais,
à défaut de pouvoir me trouver. Qui peut y réussir ? S'en
remettre à soi-même pour agir une bonne fois, avec bonne
foi ! Merde, quel plaisir d'en être informé, d'en avoir eu la
transmission d'évidence, sortie de l'ensemble des situations
et des êtres humains rencontrés. Au bord de cette cuillère
d'argent, comme celle du bébé bien né, la goutte du
breuvage de la connaissance, celle qui délivre. C'est
pourquoi la douleur est inconnue dans ces contrées calmes,
dans ces faubourgs de la mer étale. Toutes les femmes que
j'avais rencontrées, sans exception, m'avait chanté à
l'oreille la petite musique que j'étais seul à entendre. A
certaines, j'en ai voulu de me réveiller au milieu de mes
nuits d'oubli, ces heures de sommeil où l'on pense réparer
la vie. Arominthe vint elle aussi près de moi, elle n'était
jamais vraiment proche physiquement, et je sentis son
souffle net et sec me proposer la petite phrase. Arominthe
ne parlait pas, ne répondait pas à vos questions, ne vous
donnait pas son avis, n'entretenait avec vous aucune
conversation, elle était uniquement présence
incontournable, silence plus que vrai, limite
infranchissable. Arominthe était ma solitude incarnée,

qu'elle me rappelait sans cesse, surtout en ma présence. J'ai pensé qu'elle l'était aussi pour elle, seule, et qu'elle n'en trouvait pas d'issue. Mais comme elle donnait le change grâce à son caractère miraculeusement joyeux, aucun de ses amis ne pouvait se douter de l'entière blessure dont elle était constituée. Nous nous étions entendu, et notre fils en était né. Joie. Liberté. Surtout pour l'enfant qui prend ses distances, au fil des années de compagnonnage nécessaires pour le mettre au monde. La mère accouche, les parents ou les êtres humains qui en ont le rôle s'adjoignent le rejeton qui devient autonome, qui existe peu à peu par lui-même. Arominthe considéra son fils comme son seul bien, son seul avoir, m'abandonna tout naturellement. Mais si je n'avais pas été présent elle l'aurait déstructuré. L'écoute était mon outil, je finis par connaître le moindre signe d'appel en différenciant sans hésitation les grandes des petites offrandes. Parfois j'ai pensé qu'être père d'une fille eut été plus confortable, plus agréable, tellement nécessaire pour m'adouber père servant…, mais c'était céder aux on-dit et banalités habituelles débitées pour consoler les uns d'avoir un garçon et non une fille, les autres d'avoir une pisseuse et pas un gars ! Moi, je n'étais fait ni pour être père ni pour de ne pas l'être.

Le mensonge revêt, on le sait, bien des aspects. Il peut, dans sa forme la plus élaborée, être invisible car il se fait par omission. C'est ce qui n'est pas dit qui constitue un mensonge, curieuse appellation pour ce qu'on n'a pas révélé. Il ne s'agit donc pas de dire un mensonge mais de ne pas parler. Ce qui constitue un mensonge. J'étais déjà plutôt du côté des menteurs bavards que du côté des silencieux et en vieillissant je me suis débarrassé à la fois de la parole inutile et du mensonge par omission. Je n'ai plus menti pendant vingt ans jusqu'à ma mort. Et je me suis amusé à contempler les mensonges soutenus le plus souvent par des croyances religieuses, cette usurpation de pouvoir qui autorise une femme ou un homme à mentir tout en se sentant en règle avec son dieu. Le protestantisme a des allures de netteté qui vont bien aux peuples qui ont adopté cette communauté, et on y planque bien ses mensonges, il suffit de ne pas se faire prendre. L'islam se dit soumission au dieu unique qui sait tout, mais en son nom des hommes se permettent de tromper leur femme ou leurs « frères », au nom d'un bien qui serait suprême, celui de conserver les formes de la tradition, à n'importe quel prix. Le catholicisme excelle dans l'art de mentir par omission : ce qui n'est pas dit n'existe pas pour autrui. Il suffit, pour son propre salut, d'en demander pardon à Dieu. On pourra ainsi donner des leçons de vertu aux enfants de ses amis au même moment où le pire est arrivé au sein de votre famille. Mais qui le soupçonnerait ? J'en eus souvent l'intuition juste à cause d'une prise de position dans un diner, ce genre d'intervention descendue du ciel, on ne sait pourquoi, naturellement et mine de rien. Je découvris très fréquemment que le mal invoqué comme horreur parlait bien de son locuteur. C'est celui qui dit qui y est... Comme un signe de recherche de bouée de sauvetage : « Je ne veux pas vous dire que j'ai mal fait, mais si vous le comprenez, aidez-moi » ou, au contraire pour affirmer sa puissance secrète, plus pernicieuse : « Je jouis de raconter des horreurs qui arrivent aux autres alors que j'en suis l'auteur et que personne ne peut s'en douter ! » Le volcan est tout intérieur et les volcans, c'est à la fois lourd et léger. Lourd comme leurs roches noires, compactes, friables mais tenaces, collantes, pressées, indestructibles.

Déjà fusionnées par le feu et si légères qu'elles flottent sur l'eau, comme les âmes des montagnes où sont dressés de petits temples. Autant de flammèches allumées dans l'espoir humain. Le plus terrifiant est le mensonge à soi-même, il n'y a plus d'espoir d'en sortir vivant. Je voulais voir un volcan actif pour mesurer ma propre flamme, mais je ne sais pas me mentir, donc je ne peux pas comprendre ce qui anime l'autre qui me ment si bien, si évidemment, si clairement, si tranquillement. Mensonge qui n'est pas comme la passion, un tsunami, un flot patient, sûr de lui et colossal qui arrive et finit par tout recouvrir et tout envahir tout au long des minutes et des minutes qui s'allongent et qui emportent tout sur leur passage. Non, la passion c'est chaque endroit où vous vous trouvez qui devient un four. D'un coup, vous êtes dans une fournaise, vous êtes entouré comme plongé dans le cœur d'un univers totalement enfermé, énorme et rougeoyant, dans lequel vous pouvez bien vous débattre... Mais il n'existe plus d'air, il n'existe plus rien, il n'existe qu'un énorme vide qui vous enserre et que vous, vous ne pouvez pas étreindre. La passion est ce processus qui vous emprisonne tout en vous laissant totalement seul au milieu de vous-même. Passion et mensonge s'annihilent mutuellement, d'un coup. L'évidence est de chaque côté mais elle ne peut se partager, mensonge et passion ne peuvent coexister. Pour y échapper, il existe bien des subterfuges et des déplacements possibles. Ne serait-ce que de ne pas faire attention à cette évidence : dans la passion, rien ne se décide avec raison, tout est agi de l'extérieur de soi, et seulement avec soi.

J'ai souhaité jusqu'à la fin de ma vie ne pas avoir de serviette éponge dans mon lit, sous les fesses, comme tous ces vieillards qui suent du cul. Et l'on parle « d'alaise », tu parles d'être à l'aise ! J'ai payé des suppléments de draps pour me retrouver chaque nuit dans du coton bien frais, bien blanc, bien lisse surtout. Parfois j'avoue avoir fait attention à ne pas salir trop vite cette couche immaculée et tendue de douceur. Tendresse qui m'était désormais refusée par la vie. J'y pensais quand même, davantage pour les femmes de chambre que pour moi, en fait, par respect pour elles. Je tirais bien ma chemise de nuit sous mon corps douloureux et pesant, je remontais mes oreillers et creusais la forme du matelas en agissant sur les commandes motorisées du sommier. J'étais bien calé pour lire ou pour m'endormir, assis, les yeux devant moi, vers un point de l'espace ni haut ni bas, au dessus de la tête des visiteurs mais pas au plafond. Je suis mort avant d'être grand-père, ce à quoi je m'étais préparé depuis toujours. Un homme tel que moi n'aurait déjà pas du avoir de descendance, pas d'enfants, étant destiné dès mon plus jeune âge à être prêtre ou mieux, moine. J'ai échappé à cette déviance humaine de vouloir être en direct avec un dieu sans passer par l'Humanité. Mais je ne me suis jamais sorti d'affaire : ma mère voulait que je sois dans les ordres, qu'elle puisse m'appeler « Monsieur l'abbé » ou « Mon père », jouissance suprême pour une femme de nommer ainsi son propre fils engendré dans les contractions voulues et subies de plein fouet pour gagner son paradis.

Misérable pauvre désuète grande femme qui me voua au bleu et au blanc, aux couleurs de la Vierge Marie, et m'affubla de son prénom complémentaire, avec un trait d'union. D'habitude c'est avec un apôtre, comme Pierre-Marie, ou Jean-Marie. Sans aucun doute désirait-elle très intimement qu'il n'y ait aucune lignée par un mâle, mais seulement par les femelles qu'elle avait pondues, mes sœurs. Il y avait en elle quelque chose d'une volonté de biffer le nom du père, du mari et peut-être de toute masculinité. Non qu'elle soit l'adversaire des hommes, mais elle pensait sa vie de famille comme ces communautés de shakers qui refusaient l'union des hommes et des femmes et donc l'enfantement. Ils ont disparu et leurs villages se sont pétrifiés. Ma mère glosait souvent sur la féminité, sur le caractère féminin et la douceur efféminée pour dire féminine, pensant tout à la fois que l'adjectif correspondant pour le masculin était émasculé ! Saut terrifiant dans la négation de son propre père qui avait osé faire un fils sans jamais le lui révéler du vivant de ce garçon ! Impardonnable ! La gent masculine est coupable, dans sa totalité, d'abus de pouvoir. Traitrise absolue d'une puissance paternelle injuste, et usurpée à la mère. Elle voyait donc bien son fils – moi – en soutane, robe noire à boutons qui cache totalement du cou jusqu'aux pieds le corps de l'homme qui la porte. Elle aurait adoré appeler ce fils enrobé : « Mon père ! ». Et qui sait, se prosterner, baiser sa main, attendre sa bénédiction, voilà ! Sa bénédiction était attendue, la certitude d'aller au paradis, peur panique qui la précédera toute sa vie, et au seuil de la mort, la terrassa lorsqu'elle vit les diables venus la chercher. Elle avait voulu fabriquer un fils-père ou père-fils afin de l'absoudre, la protéger, sans autre forme de sentiment. La force colossale de la prière, c'est-à-dire ce poids de corps mort, indéplaçable comme la mer salée devant l'enfant qui la regarde monter vers lui. Force de la certitude, supplique de la présence, éloigner la solitude, à tout prix. Sous le voile de la Vierge, vierge de tout péché – c'est cela que dit cette virginité-là –, sous le voile de la femme dévouée à la construction de l'Humanité voulue par un Dieu vengeur et miséricordieux, de la femme séparée et presque sainte en ce sens, coupée de la tête, du principe masculin qui dicte l'entière conversion au service de l'Unique Invisible. Disparaître en ayant gagné le contrat de sécurité pour l'éternité, enfin tranquille, sauvée, protégée, garantie, soutenue, assise au côté de Dieu rassemblé en Église, corps miraculeux d'une totalité.

Ce sont tous ces êtres qui, autour de moi dans ma jeunesse, recherchaient leur paix, leur tranquillité. Ils la cherchaient parfois dans la richesse, Hôtel Plaza, Cadillac de l'avenue Montaigne jusqu'aux Champs-Élysées, nuits de débauche qui s'aplatissent sur le marbre du grand hall poli, fiche de Mademoiselle qui accompagne Monsieur sans sa femme. Misère. Je tends ma petite feuille pour glaner des autographes. Giorgio de Chirico et le pékinois de Madame. Je n'ai jamais réussi à devenir chasseur, profession réservée aux vrais pros, pas les jeunots comme moi, juste bons à exercer leur bonne éducation pour porter le steak à la chanteuse, le journal au vieil émir. Servir, toujours servir.

Il y a aussi les amis qui tombent malades ou qui se retrouvent à l'hôpital en urgence, juste au moment où on débarque chez eux pour quelques jours, comme s'ils avaient besoin de moi en remplacement de leur père disparu ou du frère qu'ils n'ont pas eu. J'ai beaucoup donné sans me poser de questions, comme si cela était constitutif de mon Devoir. Or cela n'a pas tant de sens que je me l'imaginais alors, un peu comme une impérieuse nécessité, pour faire exister cet impératif très virtuel qui vous est en fait imposé par le christianisme. Je n'aurais vraiment pas pu ne pas répondre à ces appels, ou suivre le chemin tracé dans ces circonstances, impossible de faire autrement même si j'avais pris quelques instants pour m'interroger sur ce qu'il fallait faire. Je ne me posais pas de question, je faisais, je subissais, j'assumais, sans que cela semble me peser, comme lorsqu'on porte depuis longtemps et pour toujours un poids qui vous est dévolu, qui vous a été confié, surtout par votre mère, un Devoir, vous dis-je, une part de paradis, une part de dispense du purgatoire... Je n'en parlais pas, en fait, je n'y faisais pas même attention, cela me paraissait couler de source et je ne m'apercevais de la situation que lorsqu'en de pareilles circonstances je voyais que d'autres se défilaient ou vaquaient à leurs occupations, annulaient une visite, se détournaient totalement des problèmes, sans aucun état d'âme. Comment y parvenaient-ils ? Cela m'aurait déchiré, quelque chose de très compulsif me retenait sans que je le ressente comme contraignant. C'eut été de ne point le faire qui m'aurait semblé devoir déplacer une montagne. C'est sans doute ainsi qu'on intègre dans sa vie les esclavages mêlés aux bienfaits réservés aux autres, ce qui fait que les choses glissent comme une oie qui atterrit sur l'eau, comme une procédure obligatoire qui enchaîne les combats, les exécutions ou les déroulements de compétition. C'était ainsi. Inéluctable. Léger et indéplaçable à la fois. Intégré, précis, perçant sans douleurs, comme le regard de cette femme à l'autre table, dont jamais aucune pensée ne viendra stopper les miennes car les deux vitres de ces métros virtuels qui se croisent sont de chaque côté de deux mondes différents, qui ne se toucheront jamais.

Lorsque nous étions enfants, nous trouvions des bêtises à faire pour partager quelque chose sans en parler. Nous étions impliqués dans des actions condamnables par les adultes, ce qui importait d'autant moins qu'elles créaient ces liens indéfectibles qui relient des enfants, en silence. J'ai souvent tenté de reproduire cela, quand je me retrouvais seul, en pensant à quelqu'un d'autre, femme ou homme, pour retrouver ce trépied, pour m'asseoir dans la réalité. J'allais au devant des besoins supposés de mes étudiants en leur apportant des réponses et des moyens aux questions qu'ils n'avaient pas posé. Certains en semblaient heureux car ils étaient curieux du savoir que j'étais supposé leur apporter, d'autres s'en détournaient ou réclamaient « le programme », comme pour nier qu'il puisse y avoir une liberté d'imagination dans la relation à l'enseignant. Certains s'en plaignirent à la hiérarchie de l'institution, afin qu'il soit mis fin à mes initiatives. C'est pourquoi j'ai démissionné de mon emploi de sociologue chargé de cours auprès de futurs architectes qui voulaient des cours avec Durkheim et seulement Durkheim, ou Weber, et pas de travail psychosociologique sur leur préparation à la relation au Maire d'une ville qui doit réceptionner leurs plans et maquettes pour une nouvelle réalisation. Je cherchais une complicité inutile, là où ces garçons et ces filles voulaient réussir des concours et non pas être regardés pour eux-mêmes, ni être aimés, ni êtres conseillés, ni travailler à la question de la construction sociale. Tout cela était trop dangereux, trop impliquant, et surtout pas nécessaire pour remporter les marchés juteux qu'ils convoitaient déjà, malgré leur jeune expérience. Ils ne voulaient pas de mon monde, trop subjectif, trop émotionnel. J'ai appris à mes dépens que vouloir pour l'autre ce qu'il ne souhaite pas, voir en lui ou en elle des qualités qui ne peuvent s'exprimer, c'est s'exposer aux pires critiques, à des sévices graves, à un rejet certain, c'est s'exposer à coup sûr à être éjecté violemment, à être mis en cause, à être pointé comme le responsable de tous les malheurs.

Toute ma vie, j'ai combattu pour savoir ce qu'était la norme, comment s'en saisir, comment être reconnu sans s'inféoder, je me suis senti sans cesse pris dans un mouvement aberrant[7], mon mouvement à moi, auquel je tenais plus que tout, non comme une fuite mais comme une nature, une essence, un être-là total, ce que je me sentais être moi-même, si souvent pour ne pas dire toujours en décalage avec la norme et le normal. Le chemin s'est construit au fur et à mesure, je répugnai à en prendre un qui aurait été tracé, désigné, reconnu, obligé. C'est pourquoi je n'ai pas de territoire ni de provenance, j'en ai mille, j'en ai tant, je les ai tous, je m'y reconnais partout, je n'appartiens à aucun, je n'ai pas de limites à part mon corps propre. Et ce corps comme lieu nomade de conscience peut tout ressentir et tout entendre, il choisit mais ne rejette rien a priori. La reconnaissance a donc tenu une place centrale, si primordiale, pour m'aider à vivre, et n'en est-il pas ainsi pour chaque humain ? Les nomades n'ont pas de territoire car ils n'en n'ont aucun besoin, ils ne veulent pas dépendre d'un pouvoir enraciné, ni appartenir, ni obéir, ni commander, si ce n'est au système collectif qu'ils déplacent avec eux. Nomadisme si indispensable à ma liberté et donc à ma fraternité ! C'est ainsi qu'il y a habitude et changement, pérennité et contradiction, travail et paresse majeure. Il n'y a ni retour ni mémoire, il y a événements de maintenant, le passé ne nous fait rien, le

---

[7] *Comme disait Gilles Deleuze.*

futur n'est que promesses d'interrogations. Ainsi puis-je vivre sans juger d'exclusion, sans déterminer de freinage, sans poser de principes. Juste la politesse d'écouter l'Autre. Très légère et précieuse politesse, invisible mouvement des doigts qui palpent l'intouchable, décalage sans fond de l'œil qui a vu l'Autre, de cette pénétration certaine de l'humain, en ces instants de liaison qui créent la route commune.

Je tenais ce burger entre mes doigts en comprimant les demi-sphères comme pour fermer une valise souple, ici ce sont les dents qui font office de fermeture éclair pour croquer une bouchée mixée de mie, d'oignon, d'aubergine et de viande hachée grillée, délicieuse parce que je suis sur le trottoir devant le parc Abassapa à Istanbul. Tenir les deux oreillers du pain avec plus de doigts qu'on en a pour s'assurer qu'il n'y a aucune fuite, que rien ne dépasse qui vienne empêcher la jointure, seule capable d'accomplir le prélèvement juteux. Je ne sus jamais ce qui m'avait déclenché la chiasse : le verre d'eau pourtant tiré de la bonbonne d'eau de source, le halva aux pistaches avalé goulument, le ayran bien frais fait maison, le pain, les olives, le bout de kadaïfi, les doigts dans la bouche, les mains lavées au robinet, le coulis de vent frais dans la moiteur du soir, dans le dos ? Il me faudrait trôner encore pas mal d'heures, seule solution pour en finir. La douche et les chiottes propres forment un ensemble nécessaire qui préside aux voyages et encore, la douche, je pourrais m'en passer quelque peu, mais pas les bonnes toilettes suffisamment hautes pour ne pas avoir les genoux sous le menton avec un siège en plastique pas trop pourri ni cassé, dont certain va jusqu'à vous pincer lorsqu'il est fendu et ça fait un mal de chien ! Suffisamment larges aussi pour ne pas toucher les parois, suffisamment grandes pour ne pas sentir l'eau vous effleurer le bas-fond lorsque vous tirez la chasse d'eau une première fois en restant installé, comme si cela pouvait renouveler l'oxygène du lieu. Il faut du temps. Personne qui attende pour entrer. Personne qui vous attende pour partir. Personne qui entende, personne qui soit derrière la porte lorsque vous l'ouvrez. Il faut de l'eau propre aussi. Il faut de la lenteur et tout reprend sa place, vous oubliez le ventre pour vous recentrer sur la tête, la parole d'ailleurs vous revient. Tout se lisse et glisse de nouveau comme ski sur la neige. Vous êtes sorti du champ de mines, du chemin de pierre, du sable mouillé et des galets pointus. Bon ! Il serait peut-être temps de passer à autre chose, pensez-vous, voilà une très bonne chose de faite, et la prochaine échéance n'est pas en vue. On peut naviguer en toute autonomie. Car avoir quatre-vingt ans n'est pas difficile, il suffit d'avoir des étapes plus rapprochées qu'auparavant. Et des toilettes de café qui soient accueillantes, je veux dire respirables. A partir de quatre-vingt cinq ans, je ne pouvais plus, je ne voulais plus pisser debout dans les urinoirs, il me fallait mon confort, et j'ai connu alors le stress des femmes qui doivent accomplir l'opération dans des conditions périlleuses après avoir essuyé l'endroit, protégé le siège avec du papier ou du plastique sorti tout exprès de leur sac ou encore un revêtement idoine fait sur mesure, jetable et sanitized. Les femmes ont raison d'être jalouses de notre robinet si pratique pour pisser partout où c'est possible, sans autre besoin de se dévêtir et à condition d'avoir la prostate non comprimante. La vieillesse de l'homme c'est découvrir que si l'on ne respecte pas l'escale technique quand elle se fait sentir, il devient extrêmement difficile de pisser autre chose que des gouttes d'urine trop rares et douloureuses à évacuer. Alors que si vous allez aux toilettes au bon moment tout se passe bien, presque aussi rapidement que lorsque vous étiez jeune et que vous pouviez arroser sans difficultés jusqu'à la hauteur d'une poignée de porte ! Ces choses sont importantes, elles peuvent causer bien des malentendus. Par exemple le temps mis à pisser, quand on a dû s'abstenir longtemps faute d'avoir des toilettes ou par paresse, peut devenir si long que ceux qui vous attendent pensent que quand même vous auriez pu attendre d'être tranquillement chez vous pour faire votre chef-d'œuvre crotté du jour alors qu'il n'en est rien, absolument rien ! Ou alors que vous avez quelque chose de déréglé. Je m'en foutais bien, ce hamburger était si bon que mes milliers de sphincters se sont mis sur la position security sachant qu'ainsi bloqués, je ne risquai pas grand chose, normalement. Et je pus rentrer à la maison, me déshabiller tranquillement, me diriger soigneusement vers les toilettes de l'entrée, pas celles de la salle de bain, fermer la porte et tout en contemplant la Corne d'Or par l'œil de bœuf ouvert sur le côté, penser à Pierre Loti – quoiqu'il n'avait pas la même vue puisqu'il était sur le Bosphore –, me libérer les entrailles de ce qui pouvait gêner ma nuit à venir.

Il ne faut pas s'en faire. La vieillesse n'est pas une maladie. La jeunesse non plus. Ne pas l'oublier. Nos grands-pères participaient à des événements extraordinaires. Celui-ci était au Liban en 1926, avec son corps expéditionnaire français à Baalbek. Celui-là, en 1917, vaque à ses activités à l'arrière de la guerre des fronts enkystés en campagne française, car il est trop vieux pour être enrôlé. J'avais atteint et même dépassé leur âge, je suis devenu aussi un arrière-grand-père, prêt à partir, à quitter tranquillement, le plus tranquillement possible, sa vie qui, de linéaire et calendaire, s'est transformée en roue de bonheur. Voilà la vieillesse : le retour du matin serein tous les jours et non le carnet de rendez-vous qui file le temps comme un camion chargé sur une route pleine d'embuches et de précipices, les retards, les erreurs, les manquements de toutes sortes. Hugo a conté cette félicité, fort bien. Ses funérailles nationales ont photographié un grand peuple conscient de l'exquise fraîcheur du vieillard chenu, républicain et fidèle à ses valeurs, que nous voudrions être encore aujourd'hui. Et cette vieillesse, ce regard sur vous, ces petites ou grandes attentions, ces questions furtives, ces aides, repose-toi quelques instants, assieds-toi, prends ce fauteuil, je t'apporte à boire, marchons lentement, nous avons le temps, donne-moi la main, ne te fatigue pas. Tout cela n'est rien face aux coupures essentielles : un vieil homme regarde la jeunesse et la beauté physique, la splendeur des autres, il n'est plus regardé en retour. Ou bien cela est suspect. Si une jeune femme s'intéresse à vous de près, vous montre même son désir, vous trouvez cela incorrect et incompréhensible. Les doutes qui peuvent vous assaillir toute votre vie ont, pour certaines questions, grandi avec l'âge et ont diminué, pour d'autres questions. Vous consacrez du temps à votre descendance, qui ne fait d'ailleurs que monter, que s'éloigner ou parfois se rapproche en des moments très privilégiés et rares. On peut venir chercher votre compagnie, vous ne voulez pas prendre du temps à vos enfants si occupés, on peut venir vous voir et vous parler, vous poser des questions essentielles qui n'ont aucune réponse simple en quelques mots. On peut aussi ne rien vous dire, ne pas vous écrire, ne pas répondre. Dans la préhistoire des réseaux, les sms étaient rapides, elliptiques et vos réponses un peu plus longues, accompagnées de photos, ne recevaient plus rien en retour. Un jour que je m'en étonnai, je reçus, après plusieurs tentatives de questionnement sur les raisons d'un grand silence, un court message disant qu'au travail – il faut entendre temps d'esclavage – et aux occupations – il faut entendre les minutes précieuses pour vivre en dehors du travail –, s'ajoutent mes messages déclarés inonder un peu trop leur ticoscopro[8]. Effectivement, les informations que j'avais communiquées devaient demander quatre microsecondes au lieu de deux, habituellement, en raison de leur exceptionnelle richesse de contenu et surtout, les revréalités [9]. Je souffrais donc d'avoir raison d'avoir annoncé, bien des années auparavant, que les augmentations de vitesse d'accès aux infos dues aux évolutions technologiques ne changeraient sans doute jamais rien à l'attention portée à l'Autre, rien à l'intérêt donné au message de l'Autre. Beaucoup moins mais plus vite, nous étions loin de Balzac et de Proust. Quant à la Princesse de Clèves, elle était devenue un roman inutile, de la déclaration même d'un vieux président, mort peu après. Intellectuel était devenu une injure, quelque chose comme une marque de complexité superflue ou même dangereuse.

Je suis entré en clandestinité très tôt dans ma vie, sans doute pendant mon enfance puisque les ennemis étaient mes propres parents. Mais ils étaient tout à la fois mes

---

[8] *A cette époque, les ticoscopros avaient franchi le stade de l'implant sous-cutané et étaient tous en couleurs. Je revenais d'un voyage lointain dont j'avais envoyé à mes amis, comme à chacun de mes déplacements, la petite gazette.*
[9] *Il faut rappeler aussi qu'à cette époque (autour de 2029), les revréalités ne permettaient pas de choisir l'échelle de temps pour revoir les enregistrements en immersion totale, images, sons, odeurs, mouvements.*

relations affectueuses, mes censeurs, mes professeurs.
Ennemi veut dire qui ne veut rien entendre. Ce n'est pas
être adversaire, c'est être criminel. Car un adversaire admet
d'écouter au moins une partie de ce que vous avez à dire,
ne serait-ce que pour mieux vous contrer et vous
démanteler. Un ennemi est quelqu'un qui tue avant de
savoir, qui tue pour ne pas être tué, nerf de la guerre qui
fait que la guerre ne peut pas davantage s'arrêter par la
Raison qu'elle ne s'est déclenchée par raison. La guerre ne
peut exister que par la peur fondamentale de l'Autre en ce
qu'il est Différence. En ce qu'il est simplement autre, tout
simplement impénétrable et que cela me hurle ma solitude.
Pour faire cesser ce silence insupportable, les armes
claquent. Je suis donc entré en clandestinité pour ne pas
être dans le collimateur. Et j'ai continué presque tout le
temps de ma vie, sauf à de rares moments où je me sentais
– si rarement – en confiance ou parce que je savais que
cela me permettrait de faire émerger les conflits
idéologiques primordiaux qui couvaient dans la tourbe de
mes relations institutionnelles. Je courais à la surface, plus
rapidement que le feu brûlant sous mes pieds, si vite que
personne ne put jamais me rattraper ni m'abattre. J'en ai
quitté beaucoup, et pour moins qu'un petit feu, qu'un petit
vent contraire, juste pour une contrariété semblable aux
yeux des crocodiles : pourquoi attendre qu'il sorte sa
gueule de l'eau et vous croque en une seconde ? Je courais
plus vite que les reptiles, je savais donner le change, je
savais porter la cravate et on me donnait du « patron », du
« baron », du « professeur », du « directeur », du
« président ». Et j'en riais beaucoup. Certains vous blessent
cependant sans jamais savoir qu'ils vous ont atteint. La
plaie se referme bien mais la douleur est dans le cœur pour

toujours. On peut en mourir, on se prépare à ne pas aller au delà d'une certaine quantité de plaies d'affection, on sent que le temps est venu d'arrêter de souffrir. Et c'est pourquoi, le plus souvent possible, j'ai choisi qui faisait partie de ma famille ou qui n'en faisait pas partie, même si j'ai accepté l'utopie d'une fraternité universelle.

Les hommes qui n'ont été élevés que dans le culte du masculin sont gênés par les attributs féminins. La chair devinée des seins qui marque le chemisier, la peau douce de la voisine de métro, la jambe nue, les mains tièdes qui vous prennent les vôtres. Désir et rejet, voilà le précipice ouvert qui provoque la haine de ces messieurs inquisiteurs pour qui un viol est toujours provoqué par sa victime. La violence est si extrême qu'elle nourrit un feu intérieur impossible à maîtriser, néanmoins parfois tourné en dérision d'histoires salaces, et prolongeant toujours l'exclusion, l'apartheid entre masculin et féminin. Travailler séparément, entre hommes exclusivement ou entre femmes exclusivement, pour bien travailler, vous a été jeté en justification du refus obstiné d'être ensemble. Pour les femmes, c'est la domination dont elles seraient protégées ; pour les hommes, c'est la maman ou la putain dont s'imposent les modèles. Le prétexte ne donne jamais de texte clair sur les raisons inavouables de la séparation du bâtiment des filles de celui des garçons. Moi, c'était la mère. C'est pourquoi longtemps je n'ai fréquenté que des femmes qui avaient des enfants, et notamment une petite fille. Le long cheminement dont la carte géographique n'existait nulle part m'amena à la quarantaine, ce qui était certainement lié au symbole d'une quarantaine après débarquement sur un quai de navigation, à trouver l'Autre, c'est-à-dire la Différence. Au lieu de chercher la moitié, le double, l'alter-ego, le même, je découvris que ma solitude était chance de trouver un autre vivant, aussi entier que moi, aux limites impénétrables comme les miennes.

La solitude se mue parfois en sereine tranquillité, curieuse sensation d'une paix globale, dans tout l'espace autour de soi. Le silence devient un velours, l'absence, une douceur, le téléphone muet, une bénédiction.

Soudain, éclair d'accident, votre cœur, votre respiration tombent dans un grand trou. Solitude et abandon sont là, au fond de tout. Cesser de souffrir est votre cri silencieux.

Ce soir-là, mon stub[10] garé devant le syndicat d'initiative du village perché. Mon trans[11] magnifique posé sur le tableau de bord, ouvert comme une double fenêtre sur le cinéma du monde et de mes secrets rangés dans ses méandres électroniques, me donna bientôt la jouissance de Jean-Sébastien Bach, dont Cioran disait si justement que « s'il y en a bien un que Dieu doit remercier… »

Gris et lumières partout, demi-teintes, splendeurs colorées de la cantate BWV1 puis de la 62, mais peu importe, toutes, toutes, on peut les embrasser toutes. Je me suis apaisé, ouverture si nécessaire pour vivre encore un peu, un corridor d'air frais. ça piquait un peu sur mes joues, mais je savais ces larmes promptes à s'arrêter au premier recours, à la mesure suivante, à la reprise, au canon, à la fugue que je faisais avec mon amour de la musique, arrêté bien vivant sur moi-même, lumière du soir qui vient pour cacher la noirceur du jour qui, encore une fois, m'avait

---

[10] *Véhicule hypersonique.*
[11] *Version achevée par APPLE™ en 2034 du clonage de la partie déductive du cerveau animal.*

assassiné de ses évidences. Nous savons toujours tout, mais pourquoi souffrir tant en conscience ? Et retourner cela contre autrui ne fait, comme dit le Gautama quelque part, qu'alimenter l'hydre du malheur qui en demande encore davantage. La musique adoucit... le sentiment de vengeance dont on sait fort bien qu'il est vain et destructeur. Rester entier, ne pas taillader. Les rétroviseurs renvoient les indicateurs blancs puis les rouges des stubs qui passent, sans bruit, le clavecin et la basse continue tiennent mes mains, tout est apaisé, je ne suis pas abandonné. Le très invisible fil du réseau me liait au monde entier et au delà des étoiles et des planètes sur l'écliptique, un splendide Jupiter à cette époque. J'ai repris le vol après avoir posé mon trans à demi-fermé sur le siège vide à côté de moi, et tout doucement, en m'éloignant paisiblement, en partant, en repartant de ce village et de sa connexion en ligne, peu à peu la musique s'est rompue puisque je ne l'écoutais plus, et je volais, je volais encore, reconstruit pour quelque temps, juste assez pour aller m'endormir dans un lit de passage, sans heurt.

J'avais préparé le moment où j'irai voir le vieil homme pour ne plus y retourner. Et tous avaient compris ma démarche : j'y allais pour ne plus y aller, jamais, marquant sans doute ainsi ma certitude d'une mort prochaine, soit de l'un soit de l'autre. Et très vraisemblablement, de la sienne, car j'étais plus jeune que lui, ce qui, dans l'ordre des choses dites de la Nature, devait signifier qu'il mourrait avant moi. Chacun de nos jours de rencontre furent silencieux sur le sujet de la mort. J'ai bien tenté d'en parler, mais ce fut impossible comme si nous étions tous les deux marqués par l'éternité et la certitude de mourir sans rien en dire. Il est bien vrai qu'on ne parle jamais de la mort, on parle des morts, de ceux qui sont partis, comme on dit, qui ne reviendront pas autrement qu'en souvenirs plus ou moins épais. On ne parle pas de mort, on ne parle que de vie, être vivant, encore vivant, vivant en corps, assemblés dans la vie, encordés d'un assemblage insensé, désir de vivre et de parler pour dire clairement qu'on n'est pas à la mort, qu'on est à la vie, qu'on n'y croit pas vraiment, qu'on ne peut pas en parler en tout cas. Il n'y eut donc pas dernier jour, mais brusque arrêt de l'un puis de l'autre. Quand il mourut, je le savais déjà depuis si longtemps, toute sa famille attendait cela depuis si longtemps qu'il était déjà bien mort avant, bien avant. Et quand je mourus, je n'en sus rien, rien du tout, je n'ai pas pu en parler.

Les toutes petites reinettes chantaient de nuit, même dans la sécheresse. Tous les parisiens pensent que les grenouilles ont besoin d'eau pour chanter sur des feuilles. J'en ai même trouvé une sur la porte de la maison, qui montait lentement sur le bois vernis, dans la nuit, et je la pris dans ma main, si doucement, et plof, elle disparut dans le noir, me foutant la frousse de l'écraser, je n'osais plus bouger ni toucher la porte entr'ouverte. Il y a des grenouilles, dis-je, pour lui montrer à elle aussi que j'étais bien vivant et pour la faire bouger. Non pour la reprendre, mais pour qu'elle saute ailleurs et échappe à nos pieds écraseurs. Elle avait vraiment disparu. C'est drôle, ces grenouilles, je me rappelais la route jonchée de crapauds dans les Vosges, quelque part déjà haut dans les pins à mille mètres au dessus de la plaine, dans le froid et l'humidité de l'automne. Les bêtes sautaient dans les phares et nous ne pouvions que les écraser par centaines tant elles étaient nombreuses, cailloux verdâtres qui chevauchaient l'asphalte ensoleillé pleine lumière. Cela ne faisait aucun bruit, juste un millimètre sous le pneu, moins qu'un amas de feuilles, aucun sursaut, quelque chose d'impalpable que l'on devinait, un tout petit « pah !... » puis un autre, ou plusieurs à la suite mais si loin, si discret, sous nos roues. Nous étions en train d'écraser des centaines de crapauds sur la route des Vosges qui grimpait si vite dans nos éclairages jaunes. Comme ils semblaient tous bien vivants et alertes, je pensai qu'ils venaient juste de sortir des sous-bois après la tempête pour s'égailler sur la route chaudasse, aucune voiture n'était passée avant nous, nous fûmes les premiers meurtriers en série de cette nuit sans bruit. Ma petite reinette des Alpes, bien verte et douce, lisse et vive, devait être en compagnie. Je fermai les lumières de la maison et attendis dans le noir. Et ce fut comme, de nuit, dans l'océan indien : des milliers d'ombres grouillaient sur le sol, par génération spontanée depuis le lieu de leur apparition, des crabes de terre sortaient à la Lune. Les reinettes, les crabes, les fourmis géantes s'empressaient de passer et repasser, m'ignorant totalement, m'évitant magistralement. C'était une cérémonie expiatoire, moitié rêve, moitié Tintin au Congo, pour avoir empalé et fait griller une pauvre grenouille trouvée dans un fossé et pourchassée jusqu'à la serrer dans un chiffon en l'en étouffer. Nous avions huit ou neuf ans et nous voulions regarder la mort se faire, sous nos yeux, de nos regards salis à jamais, nous pensions que c'était ça, grandir. Nous vieillissions vers l'adulterie demandée et requise. Avec toute l'amertume que procure ces succès mesquins et étriqués, avaler un apéro sans respirer, tuer un chat sans se faire griffer, écraser des moules sur un rocher, renverser des poubelles, jeter des crottes de chien dans les boites aux lettres, tirer les sonnettes de tous les vieux du quartier, piquer les journaux déposés à la porte pour démarrer un feu de camp, parier de boire du lait tiède au chocolat en gobant une boite de conserve d'escargots sans coquille... Être adulte, bizuter, être plus con que les cons, utiliser ces mots méprisants pour la femme, aller aux putes et avoir peur d'elles comme des mamans, puis, d'un coup, c'est le cas de le dire, passer sa gourme en la jetant sans plaisir n'importe où avec n'importe qui. Que disent-ils ? « Les vider », « les vidanger », « les faire cracher », pauvres hères ! Des sports d'homosexuels refoulés et machistes. Mort et porno. Des élans de violeurs qui se prennent pour des soldats rédempteurs, la peur de la mort si forte qu'on ne peut que la braver sans cesse. Donc braver la vie, donc punir les femmes d'exister, comme les grenouilles qui sautent, si jolies, si petites, si écrasables. Je ne suis jamais allé au bordel, pensant sans faille à mon respect total. Et toujours sans cesse au bord d'elle où j'aurais voulu aller et rester comme en pays de Cocagne. Séduire au delà, être parfait bien davantage, aimer comme en libération.

Et c'est pourquoi, lorsque la cinquième femme avec qui j'ai vécu m'a quitté, car c'est elle, cette fois, qui est partie ailleurs et non moi qui me suis sauvé, lorsqu'elle m'a annoncé en une bribe qu'elle « avait rencontré quelqu'un », j'ai tout d'abord, avec tant d'orgueil dévastateur en moi, considéré cela comme vulgaire, trop banal. Mais très vite, la vrille s'insinua en moi et fit des trous un peu partout dans ma tête et mes viscères, peu à peu je me suis trouvé envahi de courants d'air qui me traversaient et qui, sur les plaies, faisaient mal aux muqueuses et aux chairs mises à vif, comme du feu. L'air frais brûle les organes qui doivent rester protégés par la peau du destin tranquille et aimant, il attise le feu du chalumeau pointé sur vous. Écorché donc, je pensais finir brûlé vif. Était-ce elle ou moi le bourreau ? J'étais déjà prêt à accepter que la victime était bien responsable de ses tortures. Puis je me calmai, j'arrivai à vivre, à rencontrer les autres. Oh ! Bien sûr, pas des femmes, pas de sexe, pas de séduction, je me tenais bien loin de tout cela. Et parfois, de nuit, ou dans la pénombre du petit matin, la marée remontait haut, j'étais submergé d'angoisse soudaine et invincible. Je mourrais de douleur. Je ne pouvais rien dire ni penser d'autre. Des hommes en mal d'être aimés, comme moi, m'ont aidé sans le savoir, du moins les heures où je me trouvais avec eux. Eux, ils ne savaient pas que leur haine venait d'avoir été lâchés par une femme sans cœur, dont le cœur battait pour autre chose, tourné d'un seul coup vers le mur d'en face. Ces hommes abandonnés par l'amour couraient de cul en cul, toujours insatisfaits et donc si violents avec ces pauvres nanas qu'ils trouvaient au coin de la rue des réseaux. Elles ne pouvaient comprendre d'être si mal aimées et laissées aussi vite qu'un coït interrompu précocement. Et il leur était imputé, à mes copains, d'être d'affreux machos consommateurs de sexe, ce que, bien sûr, réprouve toujours la morale ! J'en riais, me postant un peu plus loin, et ne cédant pas à l'illusion. On ne se venge jamais de rien.

La marée revenait toujours, plus ou moins forte, comme la Lune éclaire plus ou moins. Je me méfiais de la belle Lune, celle qui éclaire de force la nuit si noire tout autour de la lumière car on ne peut voir ce qui est aveuglant, on ne peut supporter un seul point si blanc dans l'espace troué, une certitude si grande qui est celle de votre paralysie. Des heures peuvent passer ainsi, sans que vous puissiez rien faire d'autre que d'attendre que la douleur passe, sans rien savoir, ni si elle passe, ni quand elle passe, ni pourquoi elle passe, et que, de toutes façons, elle reviendra à la prochaine marée. Mais je m'en voulais avant tout de tant de banalités, d'être moi-même tombé dans un piège que je croyais connu et circonscrit, éloigné de moi indéfectiblement ! Tout cela donne un goût qu'on appelle à tort de la mort, ce que je ressens en fait comme le goût de l'accident : il s'est produit quelque chose d'irrémédiable, votre main a été coupée, elle est séparée de votre corps, vous allez hurler de douleur dans quelques secondes, mais ces instants premiers de la séparation brutale sont anesthésiés, vous ne ressentez plus rien d'autre que la certitude que vous allez très vite énormément souffrir. Le moment est passé, il s'éloigne, il est déjà loin, l'auto qui a versé dans le ravin est presque immobilisée et tout le monde est déjà mort à l'intérieur. Et à l'instant précis où elle s'immobilise enfin, la mort surgit dans sa hargne et sa monstruosité : elle devient votre unique solution. Inéluctable. Non, juste un instant ou deux avant. Tout arrêter. Dire autre chose, tourner le volant autrement, lui parler, changer le sens de l'événement. Le tiers s'est introduit, l'accident s'est produit, il n'a pas de visage, l'acte envahit tout l'espace et arrête votre temps, la vie.

La cuirasse caractérielle, comme disait Reich, est si solide, que vous donnez le change à presque tout le monde. Personne n'y voit rien. On vous trouve juste un peu plus énervé ou intolérant que d'habitude. Le passé a tué, il est un pays étranger, on le sait bien, et il est là, décimé, tout entier répandu comme bouteille cassée.

Alors, je sortais prendre l'air. Je ne faisais que des cauchemars d'accidents, d'effractions, de portes arrachées. Je rêvais de pouvoir m'évanouir comme à la messe le dimanche matin, dans la chapelle des sœurs de Cara-Casa. Leurs cornettes masquaient toujours une grande partie de leur visage, mais pas leur nuque avec quelques cheveux épars, bien propres, toujours un peu grisonnants. Je tombais doucement sur la moquette des marches de l'autel où j'étais agenouillé. L'enfant de cœur perdait son cœur, il avait mal au cœur, il était soulevé dans les bras si doux d'une des sœurs à cornette empesée, presque du carton, si blanc, si lumineux, comme un chemin courbé qui mène au bout de la côte, vers la mer. On l'entendait bouger, au loin. L'air frais me faisait reprendre conscience, bientôt allongé sur la banquette arrière de la Vedette, la belle et grosse voiture grise de mon père. Et j'étais d'un coup apaisé, seul car la sœur s'était déjà sauvée pour ne rien rater de sa rédemption en prières. Ma mère arrivait peu après, ou mon frère, je ne sais plus, et me lançait un « ça va !? » bien sec. Hum ! J'aurais voulu que ça aille beaucoup plus mal, que je sois au bord de la mort, qu'on se penche sur moi. Mais je cassais les pieds à tout le monde, je dérangeais, j'étais incompréhensible, je faisais seulement de l'hypoglycémie du matin, tout ça sans doute pour contester d'être à jeun, communion oblige. Vincent-de-Paul m'avait prêté une de ses sœurs, ses bras légers mais puissants puisqu'ils me portaient, il faut dire que je n'étais pas bien lourd, avec mes fines guibolles et mon short de velours. Aussi proche de quelqu'un, dans ses bras, aussi loin et seul qu'il est possible à un jeune enfant de l'être. Alors que j'avais à m'édifier, j'étais au pied de l'édifice à ériger, sans matériau, sans mortier, sans outils, à mains nues, les pieds dans de lourds godillots, dans le froid un peu humide de la Bretagne lumineuse, celle qui vous transperce le squelette à coup de petite bise et de petite pluie. Mais il y fait toujours très clair, même quand le ciel est gris, il est éclatant, vos yeux se plissent pour ne pas ressentir la douleur d'un éclairage trop fort, un soleil qui se cache toujours et qui, même quand il transparaît, reste frais. J'avais à me construire, et rien ni personne pour m'aider à cette tâche si lourde, si inconnue. Que faire ? Que penser ? Il n'y avait rien de ce côté de ma solitude, il y avait tout du côté de la religion : il n'y avait pas de milieu ni de nuance. Mais, dans la religion, je disparaissais. Je préférais donc m'évanouir, disparaître et me retrouver seul dans la cour de cette grande maison transformée en couvent, avec son parking réservé aux privilégiés, devant la petite chapelle crépite. Jeanne d'Arc veillait, pourquoi, je ne sais. Et quelques autres saints dont je ne connaissais pas le nom, sauf Sébastien qui se tenait debout, le corps lardé de flèches en métal qui laissaient un peu de rouille, comme un peu de sang vieilli, à leur point de pénétration dans le corps de plâtre. Tout rouillait, au bord de la mer. Même couleur sur les ferrures de volets de ma chambre, même sang séché sur les portes vers la descente à la plage, même impossibilité d'ouvrir les vantaux retenus par le feuilletage orange du métal qui s'éclate en mourant sur place.

Épilogue

La seule femme que j'ai *connue* m'a appris à vivre heureux – what a wonderful world ! – car elle a su relier et rapporter son immense malheur au plus grand bonheur.

La seule issue pour elle, son étroit corridor pour traverser la vie, était sa formidable force, hugolienne et silencieuse, titanesque et invisible, pour passer outre à l'océan de sa douleur. Ouvrir, écarter, accueillir, porter la Joie.

Un incroyable chaos avait présidé à sa naissance, elle en fit un socle indestructible ancré au fond des mers déchaînées, des paysages torturés, des tremblements de terre ravageurs. Une tension extrême forçait sa limite sans jamais se montrer. Il me reste l'éternité pour découvrir et raconter cela.

INDEX

1

2

3

6

9

A

D

E

F

G

H

I

J

K

L

L'Alsacienne (patisserie), 26
LABORIT, Henri (1914-1995), 41
Lâché (avion), 56
Langue de veau, 42
Lapin, 79
Le Docteur, 35
Le Yacht (librairie maritime), 78
Légion d'Honneur, 104
Lémuriens (makis), 108
Leslie Morgenstern, 38
Lettres Nouvelles, 64
LIBAN, Baalbeck, 166
Londres, 102
LOTI, Pierre (1850-1923), 166
Lucienne, première jeune fille, 4, 5
Lucifer, 46
Luxembourg (jardin du), 26

M

Madelios, 25
Maison de poupée, 29
Makis (lémuriens), 108
Maldives (archipel des), 33
Maman ou putain, 170
Manby (habilleur des enfants), 25
Mangroves, 108
Mansuétude divine, 84
Marie (la Vierge), 62
Marie (Vierge— voué au bleu et au blanc de la), 158
Marion, 132
Marraine (*salon de thé de*), 13
Marraines (les deux), 11
Masculin – Féminin (apartheid), 170
Masculin (culte du), 170
Mayotte, 106, 107
Médicis (rue), 22
Méfiance, 99
Mensonge, 43
Mentir, 131, 141, 155, 157
Mentir (par omission), 146, 155
Mère (au travail), 5
Mère (ma), 98
Mère (malade), 9, 10
Mère (placards de), 11
Michel, le galopin, 76
Micro, 36, 37
Missions Africaines, 16
Mobylette, 138
Modiano, Docteur, 37
MODIANO, Patrick, 3
Moine, 158
Montaigne (avenue), 21
Montre (démontage de), 40, 41
Morale (haute valeur), 65
Morineau (aviateur), 49
Mort, 172
Mort (regarder la), 174
Mourir, 6
MOUSSORGSKI, Modeste (1839-1881), 101, 107
Mur de Berlin, 121

L'AUTEUR

Diplômé d'Enseignement Supérieur de Philosophie, docteur en Sciences de l'Education, anthropologue et psychanalyste, il se passionne pour les objets techniques et la transmission du Savoir.

Auteur de travaux universitaires et d'essais, Gérard Delacour publie sous le nom "Gérard Hofmann" ses œuvres littéraires, romans, nouvelles, poésies et ses photographies.